草堂先生杜工部詩集

（宋刻本）

【唐】杜 甫·撰

杜甫草堂

館藏珍稀杜集叢刊

竿蒲雲直漁陽突騎獵青丘犬戎鏁甲闢丹極八荒
十年防盜賊征戍誅求寡妻哭遠客中宵淚霑臆
石犀行上元二年秋
君不見秦時蜀太守刻石立作三犀牛自古雖有厭
勝法天生江水向一作須東流蜀人矜誇一千載泛溢
不近張儀樓今年灌口損戶口此事或恐為神羞終

巴蜀書社

圖書在版編目（CIP）數據

草堂先生杜工部詩集／［唐］杜甫撰. —成都：
巴蜀書社，2024. 9（2025. 6 重印）
ISBN 978-7-5531-2160-4

Ⅰ. ①草… Ⅱ. ①杜… Ⅲ. ①杜詩－詩集
Ⅳ. ①I222. 742

中國國家版本館 CIP 數據核字（2024）第 006200 號

CAOTANG XIANSHENG DU GONGBU SHIJI

草堂先生杜工部詩集 ［唐］杜甫 撰

責任編輯 楊 波
責任印製 田東洋 谷雨婷
封面設計 冀帥吉
出版發行 巴蜀書社
四川省成都市錦江區三色路 238 號新華之星 A 座 36 樓
郵 編：610023 總編室電話：（028）86361845
網 址：www.bsbook.com 發行科電話：（028）86361852
照 排 四川勝翔數碼印務設計有限公司
印 刷 河北虎彩印刷有限公司
地址：河北省廊坊市固安縣工業園區南區通達道7號
電話：15122617482
版 次 2024 年 11 月第 1 版
印 次 2025 年 6 月第 2 次印刷
成品尺寸 185mm×260mm 1/16
印 張 14
書 號 ISBN 978-7-5531-2160-4
定 價 500.00 圓

成都杜甫草堂博物館
古籍整理領導小組

組　長

劉　洪

副組長（按姓氏筆畫排序）

王　飛　方　偉　李霞鋒

馬　紅　賈　蘭　鄭　勇

成　員（按姓氏筆畫排序）

王　釗　王　雯　李佳瑨

秦皓玥　彭　燕

總序

成都杜甫草堂博物館是國内杜甫研究的重要陣地，館内保存了宋、元、明、清杜詩學文獻一萬餘册，其中包括大量珍稀杜集善本。二〇〇九年六月九日，國務院公布杜甫草堂博物館爲第二批全國古籍重點保護單位，館藏六種杜集善本入選第二批《國家珍貴古籍名録》，分别爲：

一、宋刻本《草堂先生杜工部詩集》二十卷（名録序號03094，一級乙等古籍）。

二、宋刻本《杜工部草堂詩箋》五十卷（名録序號03097，一級乙等古籍）。

三、宋刻本《杜工部草堂詩箋》五十卷、外集二卷（名録序號03098，一級乙等古籍）。

四、元皇慶元年（一三一二）余志安勤有堂刻本《集千家注分類杜工部詩》二十五卷、年譜一卷（名録序號03101，一級乙等古籍）。

五、元廣勤書堂刻本《集千家注分類杜工部詩》二十五卷、文集二卷、年譜一卷（名録序號03102，一級乙等古籍）。

六、明玉几山人刻本《集千家注杜工部詩集》二十卷、文集二卷、附録一卷（名録序號05237，二級乙等古籍）。

二〇一〇年六月，成都杜甫草堂博物館又有五種善本杜集入選第三批《國家珍貴古籍名録》，分别爲：

一、元皇慶元年（一三一二）余志安勤有堂刻本《集千家注分類杜工部詩》二十五卷（名録序號07206，一級乙等古籍）。

二、明嘉靖十五年（一五三六）玉几山人刻、明昜山人印本《集千家注杜工部詩集》二十卷、文集二卷（名録序號08722，二級乙等古籍）。

三、明嘉靖九年（一五三〇）刻本、李一氓題跋《集千家注批點補遺杜工部詩集》二十卷、附録一卷（名録序號08728，二級乙等古籍）。

四、明刻本《集千家注批點補遺杜工部詩集》二十卷、附録一卷、年譜一卷（名録序號08729，二級丙等古籍）。

五、明正德刻本《杜少陵集》十卷（名録序號08734，二級甲等古籍）。

成都杜甫草堂博物館藏十一種珍稀杜集相繼入選《國家珍貴古籍名録》，顯示出館藏文獻的高精質量和專業特色。以下對這些珍稀杜集的文獻價值及學術價值試作簡要介紹。

杜甫草堂博物館入選《國家珍貴古籍名録》的十一種杜集堪稱國寶，均具有極高的文獻價值。其中一級乙等古籍六種、二級甲等古籍一種、二級乙等古籍三種、二級丙等古籍一種，分别爲《中國古籍善本書目》《成都市古籍聯合目録》《杜集書録》《杜集叙録》等書目著録。宋刻本《草堂先生杜工部詩集》（名録序號03094）是成都杜甫草堂博物館的鎮館之寶，被稱爲「海内孤本」。此書是一九六四年夏由著名藏書家李一氓先生爲杜甫草堂代購，并於一九六五年八月十六日寄至草堂。書前鈐有「羅繼祖（羅振玉之孫）讀書記」、「孫氏家藏」、「郇園秘笈」（葉德輝）、「一氓精鑒」等藏印，函套上有于立群題簽，封面爲陳毅題簽。卷首有朱德、陳毅、何香凝、陳叔通、郭沫若、齊燕銘、阿英、李初梨、徐平羽等題詞，卷末有李一氓跋。朱德題曰：「成都杜甫紀念館得此書，可爲所藏杜詩帶頭。」陳毅題曰：「此本不見公私著録，匡、慎皆缺筆，真難見之孤本也。」郭沫若題曰：「《草堂先生杜工部詩集》，素所未見……可謂草堂先生重歸草堂矣。」此本曾參加二〇〇九年六月十三日至七月十日由文化部主辦、國家古籍保護中心承辦的「國家珍貴古籍特展」，在國家圖書館公開展出，并被國家圖書館、國家古籍保護中心編《册府擷英——國家珍貴古籍特展圖録（二〇〇九）》一書收録。

宋刻本《杜工部草堂詩箋》五十卷（名録序號03097）亦係李一氓先生一九六四年爲草堂搜集代購之本，卷首有其朱筆題跋，交待了該本的版式特徵、鑒藏印章、刻本時代及搜集過程。書内鈐有「顧仁效收藏圖書」「古虞毛氏奉叔圖書記」「長白敷槎氏堇齋昌齡圖書印」「吴氏筠清館所藏書畫」「荷屋所得古刻善本」「方氏碧琳琅館藏書印」「柳橋鑒賞」「大興孫遲字少春號再嚳鑒藏金石書畫經史圖籍心賞之印章」「黄縣丁氏藏書」「菊甦審定善本」等印章，表明其曾爲諸多藏家收藏，彌足珍貴。宋刻本《杜工部草堂詩箋》五十卷、外集二卷（名録序号03098）乃一九六〇年八月由中央文化部從北京圖書館調撥至成都杜甫草堂，該本鈐有「季啓」「季蒼葦圖書記」「長白敷槎氏堇齋昌齡圖書印」「鐵琴銅劍樓」「季振宜」「汪振勳印」等印，書中有朱墨圈點，間有佚名墨批，曾爲清代著名藏書家季振宜收藏，亦爲常熟瞿氏鐵琴銅劍樓舊藏，是杜甫草堂博物館所藏的宋刻珍品。元刻本《集千家注分類杜工部詩》二十五卷、年譜一卷（名録序号03101），書内鎸有「建安余氏勤有堂刊」「皇慶壬子」「勤有堂」「皇慶壬子余志安刊於勤有堂」等牌記，鈐有「麗藻樓」「賓日氏」「研易樓」「陸吟竹珍藏」「吟竹子」「平原陸氏家藏」「金瑾之印」「山陰沈仲濤珍藏秘籍」等印，傅增湘曾評曰「字體圓美，刊刻甚精」。元刻本《集千家注分類杜工部詩》（名録序号03102）是一九五四年十一月三日由上海文史館爲草堂代購，書中鈐有「壽氏珍藏」「毗陽山人」等印，一九五八年毛澤東主席在成都時曾閲覽此書，具有重要的文物價值。明玉几山人刻本《集千家注杜工部詩集》（名録序号05237）於一九五四年十二月由上海文史館代購，鈐有「風雨樓」「黄樫之印」「廬陵李氏圖書」「野西秘篋」「月熏樓藏」「欽酒讀書」「小橋流水人家」等印二十餘枚。元刻本《集千家注分類杜工部詩》（名録序號07206）乃一九六〇年一月購於上海，原爲清果親王愛新覺羅·允禮藏書，鈐有「果親王府圖書記」「朱嘉賓」「嘉賓藏書」

「巽齋所藏」等印。果親王允禮於雍正十二年（一七三四）護送達賴喇嘛回西藏，途經成都時曾拜謁草堂，其所題寫的「少陵草堂」四字至今尚存。明正德刻本《杜少陵集》十卷（名録序號08734）於一九五七年十一月購於上海，卷首載前祭酒和順王雲鳳正德七年《杜少陵集序》，稱該本爲廣平太守張潛編刊，府判宋灝爲之校訂訛誤。此本傳世稀少，體例特殊，以詩體編次，各體之内并不編年，詩文皆無注，校訂甚精。傅增湘《藏園群書經眼録·集部上》著録曰：「此書罕見，字體疏古，頗有雅致。」邵章《四庫簡明目録標注》引繆荃孫語曰：「此本最不易見，殊處甚多。」

杜甫草堂博物館入選《國家珍貴古籍名録》的十一種杜集還具有極高的版本價值。目前存世的宋本杜集極少，除杜集祖本「二王本」《杜工部集》（張元濟輯《續古逸叢書》本）之外，在校勘杜詩文本時可作參校本的宋本衹有十一種（可參蕭滌非主編《杜甫全集校注·凡例》），而宋刻本《草堂先生杜工部詩集》的發現，無疑豐富了現存宋代杜集的版本體系，有助於認識和梳理宋本杜集版本系統及其嬗變過程。《草堂先生杜工部詩集》的體例甚爲奇特，此本在古體、近體之下再細分爲五律、五絶、七律、七排、七絶、五古、七古等，形成了「體下分體」的獨特編纂形式，這在目前知見的宋本杜集系統中實屬特例。李一氓先生《跋》曰：「書中『匡』字缺筆（十六卷十九葉、十九卷一葉），『慎』字缺筆（十八卷十五葉、十九卷十三葉）。依缺筆，約可斷爲淳熙刊本。」

按，這一説法其實并不够準確，衹能説是大致如此的判斷。由於該本是殘本，諱字保留不全，加之爲坊本，存在避諱不嚴的情況，故難以通過諱字準確判斷其刊刻年代。有研究表明，《草堂先生杜工部詩集》是以黄希、黄鶴《補注杜詩》爲底本而成，則其刊刻時間應在《補注杜詩》成書的寧宗嘉定九年（一二一六）之後。據該本字體、避諱、題下繫年等信息綜合判斷，《草堂先生杜工部詩集》的刊刻時間當在寧宗嘉定十七年（一二二四）以後。相信隨著學界研究的不斷深入，對該本的刊刻時間及版本淵源的判斷會越來越準確。

除《草堂先生杜工部詩集》之外，從版本系統來看，杜甫草堂博物館入選《國家珍貴古籍名録》的其他十種杜集，可以分爲蔡夢弼《杜工部草堂詩箋》五十卷本、《集千家注分類杜工部詩》、《集千家注杜工部詩集》三種體系，若仿照《杜甫全集校注》的體例來命名，可簡稱爲蔡甲本（包括蔡丙本）、元分類本、元明千家批點本。目前國内留存的五十卷本蔡夢弼《杜工部草堂詩箋》均爲殘缺不全之本，如《杜甫全集校注》參校之「蔡甲本」五十卷僅存三十九卷，分别爲卷一至十九、卷二十二至三十五、卷三十九至四十一、卷四十八至五十。張忠綱先生《杜工部草堂詩箋・序言》指出，二〇〇六年《中華再造善本》據國家圖書館和北京大學圖書館所藏宋本影印之《杜工部草堂詩箋》合計四十八卷，亦缺卷二十、二十一。二〇一八年五月二十四日，上海圖書館清點未編古籍書庫，發現宋刻《杜工部草堂詩箋》一册，恰爲卷二十、二十一，鈐「季振宜字詵兮號滄葦」之印，爲清初藏書家季振宜所藏，其行款格式與國家圖書館、北京大學圖書館所藏一致。國家圖書館出版社於二〇二二年將諸本合卷納配爲完帙予以影印出版，重現宋刻珍本原貌，堪爲學林盛事，傳世美談。①可惜的是，國家圖書館出版社重新影印的三家拚合本仍缺少目録，并非完璧。今檢杜甫草堂所藏兩種宋刻本《杜工部草堂詩箋》，其所存卷數與上述行世之本不甚相同，其中碧琳琅館舊藏蔡夢弼本（名録序號03097）殘存目録及卷一至二十二，其卷十四至二十二配另一宋刻本。此本名爲五十卷，實爲二十二卷本并配補别本，因於二十二卷目録後署「杜工部草堂詩箋目録終」。目録二十卷處有李一氓先生貼簽校語曰：「自二十卷以後目録與《古逸叢書》本全异。」二十二卷目録最後一首詩題爲「又觀打魚」，李一氓先生貼簽校語曰：「全書五十卷，『打魚』以後有挖補痕，以符二十二卷之數。」不管怎樣，此本存有卷一至卷二十二完整目録，這是其他宋本所不具備的。另外，名録序號03098的《杜工部草堂詩箋》殘存二十六卷，爲卷

① 蔡夢弼《杜工部草堂詩箋》，國家圖書館出版社二〇二二年影印本。

二十六至五十，外集卷一。可見草堂所藏兩種五十卷本《杜工部草堂詩箋》爲蔡夢弼本的配補提供了可能，若能將其與國家圖書館、北京大學圖書館、上海圖書館所藏五十卷蔡夢弼本進行配補，將來當可推出更加完美的蔡夢弼《杜工部草堂詩箋》合璧本，從中可見杜甫草堂藏本的文獻價值。

杜甫草堂所藏三種元刻本《集千家注分類杜工部詩》（名録序號03101、03102、07206），署宋代徐居仁編次，黄鶴補注，是元代分類編次杜集中最爲重要的注本之一。此書原有宋紹定四年（一二三一）趙氏素心齋婺州翻刻本，國内已無傳本，日本尚有北朝永和二年（一三七六）京都法印永喜覆刻本，草堂所藏元皇慶元年（一三一二）余志安勤有堂刻本爲該書今存最早刻本，亦具有重要的版本價值，對後世分類編次杜詩具有重要的影響。隨著草堂所藏這批珍稀文獻的影印出版，對該本版式、編次、分類、諱字、注釋及版本嬗變的研討將進一步展開，相關認識當會更加深入。

劉辰翁批點、高楚芳編輯《集千家注杜工部詩集》及《集千家注批點杜工部詩集》於元明間流傳極廣，翻刻不斷，版本衆多，是杜詩學史上版本體系最爲複雜之本。草堂所藏明玉几山人刻本《集千家注杜工部詩集》（名録序號05237）及玉几山人刻、明易山人印本《集千家注杜工部詩集》（名録序號08722）均爲明嘉靖十五年（一五三六）刻本。洪業先生《杜詩引得序》曰：「明易山人本之内容板刻格式全同玉几本，惟於卷一次行改題『大明嘉靖丙申明易山人校刻』；蓋同板易主，遂改題耳。」① 周采泉先生指出，玉几山人乃安徽休寧縣曹道，明易山人爲萬曆間陝西人金鸞，後於曹道四十餘年。② 胡纘宗《杜詩批注後序》曰：「其他吾無取焉，諸集盛行而會孟本獨少傳。金生鸞，學杜者也，若有得於會孟，故獨刻云。

① 洪業等編纂《杜詩引得》，上海古籍出版社一九八五年版，第三十七頁。
② 周采泉《杜集書録》，上海古籍出版社一九八六年版，第一百零七頁。

鸞，予隴西人。」① 如今，隨著草堂所藏玉几本和明易本的影印出版，對該本相關學術問題的厘清必將起到重要的促進作用。

在劉洪館長的帶領下，成都杜甫草堂博物館於二〇二二年成立古籍整理領導小組，啓動《杜甫草堂館藏珍稀杜集叢刊》的編輯出版工作。至二〇二四年，巴蜀書社以高清影印的方式將成都杜甫草堂博物館入選《國家珍貴古籍名録》的十一部珍稀杜集予以出版，這無疑是造福學林的好事。希望成都杜甫草堂博物館以此次出版《杜甫草堂館藏珍稀杜集叢刊》爲契機，今後陸續將館中所藏其他珍稀杜集影印出版。这些珍稀杜集的出版面世必將嘉惠學林，推動杜詩學研究取得新的進展，我們熱切期待著。

二〇二四年八月十日
孫微於山東大學

① 胡纘宗《鳥鼠山人集》卷十一，《四庫全書存目叢書·集部》第六十二册，齊魯書社一九九七年版，第三百零七頁。

出版説明

杜甫（七一二—七七〇），字子美，原籍湖北襄陽，生於河南鞏縣（今鞏義市）。因居杜曲，在少陵原之東，自稱「杜陵布衣」「少陵野老」。舉進士不第，玄宗時獻《三大禮賦》待制集賢院。安禄山攻陷長安，玄宗奔蜀，杜甫逃至鳳翔肅宗行在，任左拾遺。官軍收復長安後，因疏救房琯，被貶爲華州司功參軍。不久棄官入蜀，依劍南節度使嚴武，在成都西郭築草堂以居。嚴武薦爲檢校工部員外郎。杜甫工詩，上薄風、雅，下該沈、宋，盡得古今之體勢，「則詩人以來，未有如子美者」，後人稱之爲「詩聖」。

成都杜甫草堂博物館是首批全國重點文物保護單位、首批國家一級博物館、全國古籍重點保護單位，是中國規模最大、保存最完好、知名度最高且最具特色的杜甫行蹤遺迹地。經過數十年的艱辛努力，本館館藏古籍、文獻達數萬册，尤以杜集善本爲最，其中十一部入選《國家珍貴古籍名録》。僅就杜集收藏而言，無論在種類上還是數量上，成都杜甫草堂博物館皆可稱得上是國内收藏歷代杜集版本最爲集中的專題收藏中心，是杜甫研究的重要基地。

二〇〇九年成爲第二批全國古籍重點保護單位以來，成都杜甫草堂博物館不僅在原有的古籍原生保護、修復技藝傳承方面持續投入力量，更逐步加强古籍研究與宣傳工作。二〇二一年完成了館藏部分珍稀杜集文獻的數字化工作，二〇二二年啓動《杜甫草堂館藏珍稀杜集叢刊》的編輯出版工作。本叢書旨在將成都杜甫草堂博物館館藏中入選《國家珍貴古籍名録》

的十一部珍貴古籍以高清影印的方式出版，真實反映古籍原貌，以饗讀者。

本輯爲宋刻本《草堂先生杜工部詩集》，共二十卷，現殘存六卷（卷十四、卷十六至卷二十），其中卷十七、卷十八頁數完整，其餘各卷頁數有殘缺。

由於編者水平有限，如有錯訛之處，敬請方家指正。

成都杜甫草堂博物館

二〇二四年六月

凡例

一、《杜甫草堂館藏珍稀杜集叢刊》（以下簡稱《叢刊》）以杜甫草堂所藏入選《國家珍貴古籍名録》的十一部杜集珍本爲底本，包括宋刻本三部、元刻本三部、明刻本五部，涉及的杜集有《草堂先生杜工部詩集》《杜工部草堂詩箋》《集千家注分類杜工部詩》《集千家注杜工部詩集》《集千家注批點補遺杜工部詩集》《杜少陵集》六種。

二、《叢刊》以種分卷，每種均單獨印行。

三、《叢刊》中各種所收杜集數量不一，均以刊刻年代或版本年代先後爲序排列。

四、《叢刊》所收文獻均據原件掃描，单色印刷，并儘量保留底本版心的原貌。對文稿原本殘缺之處，以「缺頁」「缺卷」等文字形式加以注明。

目録

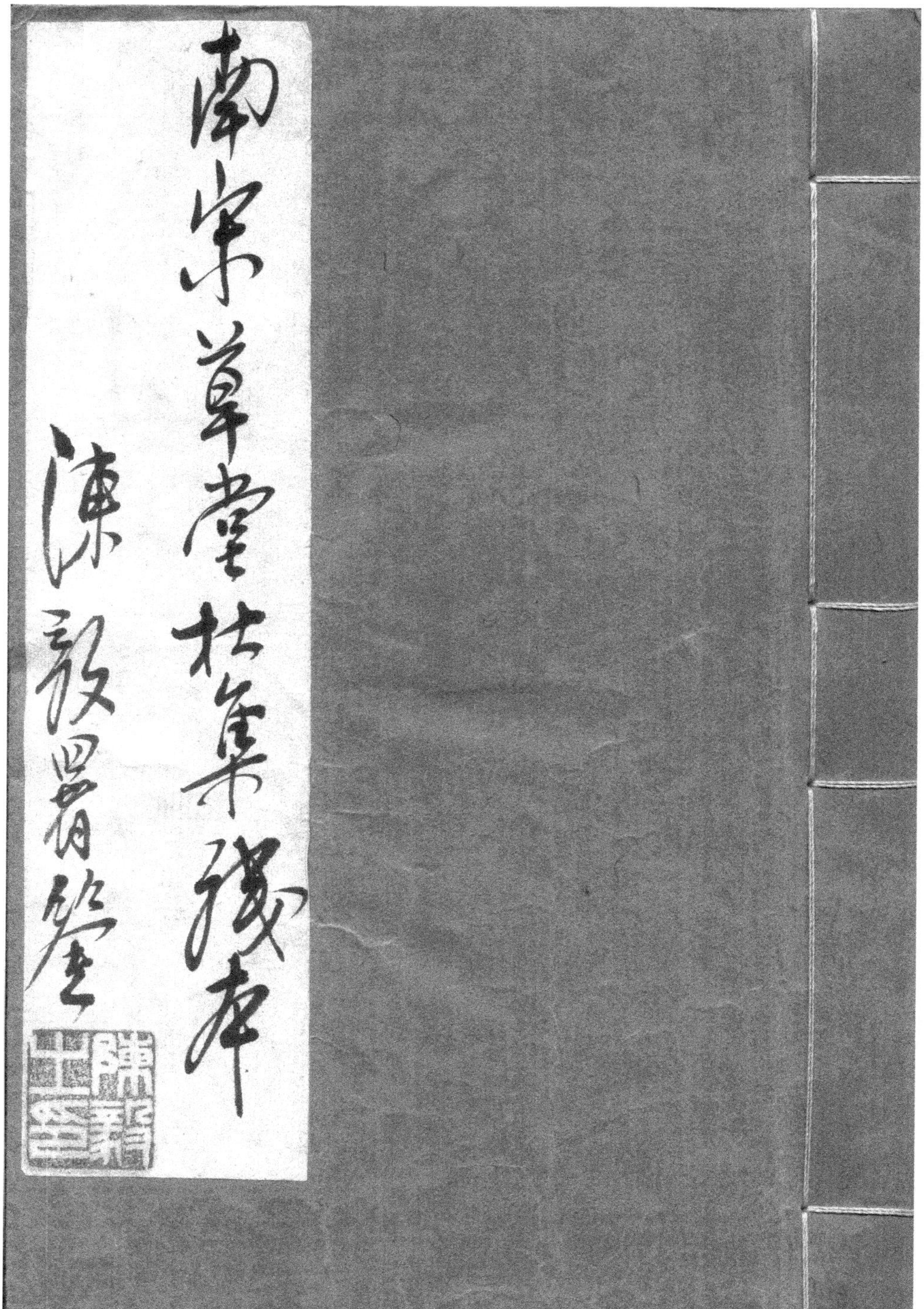

陳毅封面署簽

成都杜甫纪念館得此書，可為所藏杜詩帶頭。

朱德

一九六五年五月十五日

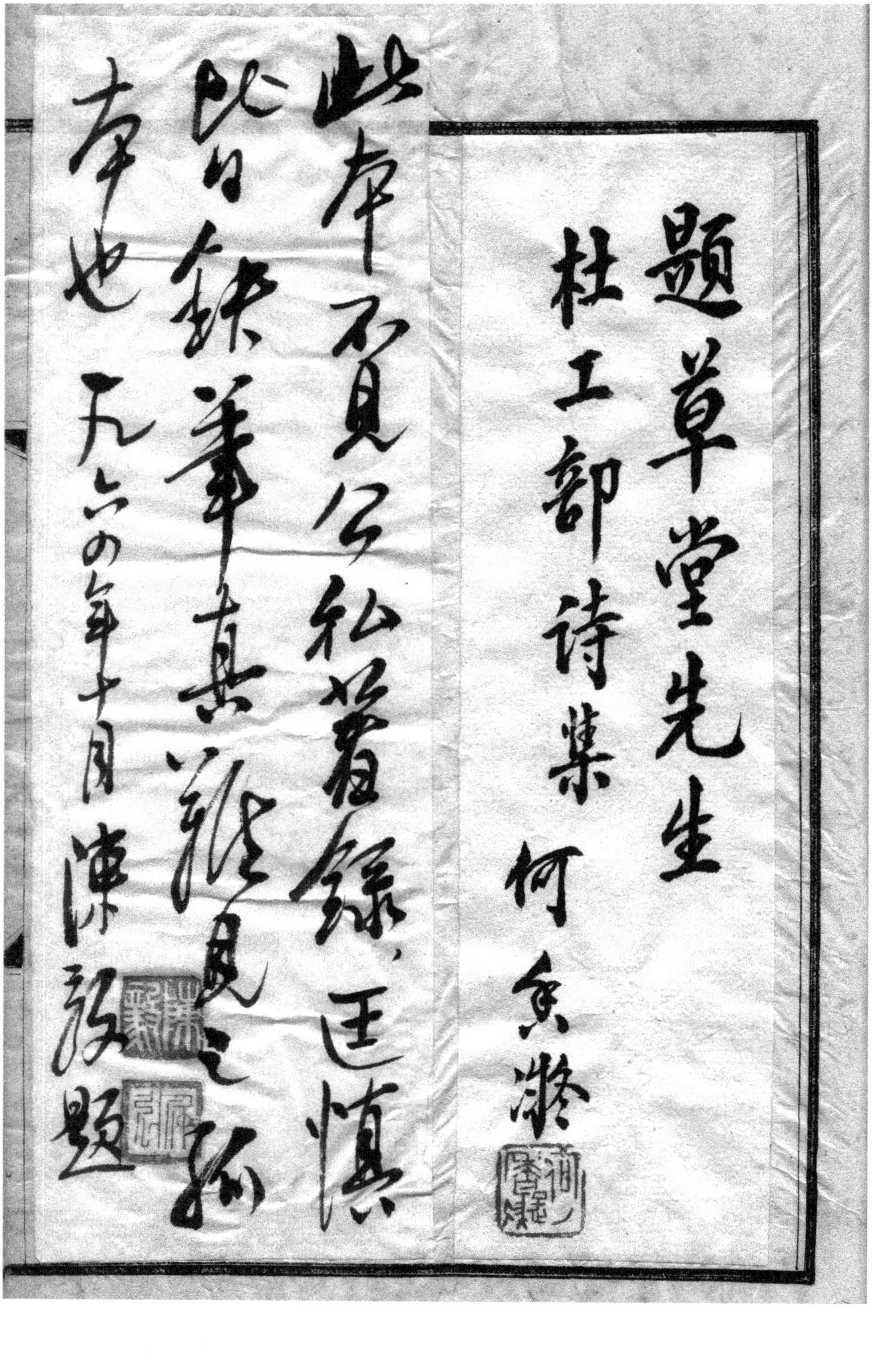
題草堂先生
杜工部詩集 何香凝
此本不見公私著録，匡慎
皆缺筆，甚難得見之孤
本也 一九六〇年十月 陳毅題

老見異書猶眼明

題草堂先生杜工部诗集

一九六四年十二月十三日陳炜逼

草堂先生杜工部詩集，素所未見，殆是海內孤本，稀珍球卷，良可珍惜護之。草堂先生得之於蜀，草堂先生重歸草堂，至多閱後題此。

一九六四年十月廿日　郭沫若

一氓見示明翻宋杜詩，題為草堂先生杜工部詩集，半葉十行，每行廿二字，此本從未見於著錄者。首有郎園秘笈一印，則原曾經葉氏收藏。匆匆未及細校，因題數字歸之。

一九六四年九月一日　齊燕銘閱後題

一九六四年歲暮讀於北京真難得之善本也　阿英

一瓻為成都杜甫艸堂紀念館籌此珍本初梨獲覩因款

一瓻日為成都杜甫草堂得宋本草堂先生杜工部詩集乃異書也　徐森玉遺書一九六四年十二月廿四日獲觀并記　徐平羽

草堂先生杜工部詩集卷之十四

五言八句

上巳日徐司録林園宴集 大曆三年

鬢毛垂領白花藥亞枝紅欹倒衰年廢招尋令節同薄衣臨積水吹面受和風有喜留攀桂無勞問轉蓬

暮春陪李尚書李中丞過監湖亭泛舟得過字

海内文章伯湖邊意緒多玉樽移晚興桂檝帶酣歌春日繁魚鳥江天足芰荷鄭莊賓客地衰白遠來過

夏日楊長寧宅送崔侍御常正字入京得深

字 大曆三年

醉酒楊雄宅升堂子賤琴不堪垂老鬢還對欲分襟
天地西江遠星辰北斗深烏臺俯麟閣長夏白頭吟

和江陵宋大少府暮春後同諸公及舍弟宴
書齋 大曆三年

渥洼汗血種天上麒麟兒才士得神秀書齋聞爾為
棣華晴雨好綵服暮春宜朋酒日歡會老夫今始知

舟中 大曆三年

風餐江柳下雨臥驛樓邊結纜排魚網連檣並米
今朝雲細薄昨夜月清圓漂泊南庭老衹應學水

官亭夕坐戲簡顏十少府 大曆二年

南國調寒杵西江浸日車客愁連蟋蟀亭古帶蒹葭
不返青絲鞚虛燒夜燭花老翁須地主細細酌流霞

重題

涕灑不能收哭君余 一作餘 白頭兒童相顧盡宇宙此
生浮江雨銘旌濕湖風井逕秋還瞻魏太子賓客減
應劉

獨坐 大曆三年

悲秋回白首倚杖背孤城江斂洲渚出天虛風物清
滄溟服 一作恨 衰謝朱紱負平生仰羨黃昏鳥投林羽

翩輕

公安縣懷古 大曆三年

野曠呂蒙營江深劉備城寒天催日短風浪與雲平
灑落君臣契飛騰戰伐名維舟倚前浦長嘯一含情

公安送李二十九弟晉肅入蜀余下沔鄂
大曆三年冬

正解柴桑纜仍看蜀道行檣烏相背發塞鴈一行鳴
南紀連銅柱西江接錦城憑將百錢卜飄泊問君平

宴王使君宅題二首 大曆三年

漢主追韓信蒼生起謝安吾徒自飄泊世事各艱難

逆旅招邀近他鄉意（一作思）緒寬不才甘朽質高臥豈

泥蟠

其二

況憂容霜鬢（一作鬢）留歡卜夜闌（一作夜闌）自吟詩送老相

勸酒開顏戎馬今何地鄉園獨在山江湖墮清月酩

酊任扶還

泊岳陽城下 大曆三年

江國踰千里山城僅百層岸風翻夕浪舟雪灑寒燈

留滯才難盡艱危氣益增圖南未可料變化有鯤鵬

纜船苦風戲題四韻奉簡鄭十三郎判官 泛

大曆三年

東岸朔風起天寒鶺鴒呼漲沙霾草樹舞雪渡江湖吹帽時時落維舟日日孤因聲置驛外為覔酒家壚

登岳陽樓 大曆三年

昔聞洞庭水今上岳陽樓吳楚東南坼乾坤日夜浮親朋無一字老病有孤舟戎馬關山北憑軒涕泗流

陪裴使君登岳陽樓 大曆四年

湖闊兼雲霧樓孤屬晚晴禮加徐孺子詩接謝宣城雪岸叢梅發春泥百草生敢違漁父問從此更南征

宿青草湖 大曆四年

洞庭猶在目青草續爲名宿槳依農事郵籤報水程
寒氷争倚薄雲月遞微明湖鴈雙雙起人來故北征

宿白沙驛 大曆四年

水宿仍餘照人煙復此亭驛邊沙舊白湖外草新青
萬象皆春氣孤槎自客星隨波無限月的的近南溟

湘夫人祠 大曆四年

肅肅湘妃廟空墻碧水春蟲書玉佩蘚燕舞翠帷塵
晚泊登汀樹微馨借渚蘋蒼梧恨不淺染淚在叢筠

祠南夕望 同上年

百丈牽江色孤舟泛日斜興來猶杖屨目斷更雲沙

山鬼迷春竹湘娥倚暮花湖南清絶地萬古一長嗟

野望大曆四年

納納乾坤大行行郡國遥雲山兼五嶺風壤帶三苗
野樹侵江闊春蒲長雪消扁舟空老去無補聖明朝

入喬口大曆四年春

漠漠舊京遠遲遲歸路賒殘年傍水國落日對春華
樹蜜早蜂亂江泥輕鷰斜賈生骨已朽悽惻近長沙

銅官渚守風

不夜楚帆落避風湘渚閒水耕先浸草春火更燒山
早泊雲物晦逆行波浪慳飛來雙白鶴過去杳難攀

發潭州 大曆四年春

夜醉長沙酒曉行湘水春岸花飛送客檣燕語留人賈傅才未有褚公書絕倫名高前後事回首一傷神

雙楓浦 大曆四年

輟棹青楓浦雙楓舊已摧自驚衰謝力不道棟梁材浪足浮紗帽皮須截錦苔江邊地有主暫借上天回

江閣卧病走筆寄呈崔盧兩侍御 大曆四年秋

客子庖廚薄江樓枕席清衰年病祇瘦長夏想爲情滑憶一作喜彫胡飯香聞錦帶羹溜匙兼暖腹誰欲致罌

潭州送韋員外迢牧韶州 大曆四年秋

炎海韶州牧風流漢署郎分符先令望同舍有輝光白首多年疾秋天昨夜涼洞庭無過鴈書疏莫相忘

韋迢潭州留別

江畔長沙澤一作驛相逢纜客船大名詩獨步小郡海西偏地濕愁飛鵩天炎畏跕鳶去留俱失意把臂共潸然

酬韋韶州早發湘潭見寄 大曆四年秋

養拙江湖外朝廷記憶疎深慙長者轍重得故人書白髮絲難理新詩錦不如雖無南過鴈看取北來魚

韋迢詩

北風昨夜雨江上早來涼楚岫千峯翠

湘潭一葉黄故人湖外客白首尚爲郎相憶無南
鴈何時有報章
晚秋長沙蔡五侍御飲筵送殷六參軍歸渭
澧一作川覲省詩 大曆四年冬
佳士欣相識慈顔望遠遊甘從投轄飲肯作置書郵
高鳥黄雲暮寒蟬碧樹秋湖南冬不雪吾病得淹留
哭李常侍嶧二首 大曆三年
一代風流盡修文地下深斯人不重見將老失知音
短日行梅嶺寒山一作江落桂林長安若箇畔猶想映
貂金

其二

青嶂層雙入銅梁阻一辭風塵逢我地江漢哭君時
次第尋書札呼兒檢贈詩發揮王子表不愧史臣詞

送趙十七明府之縣 大曆五年春

連城爲寶重茂宰得才新山雉迎舟楫江花報邑人
論交翻恨晚臥病却愁春惠愛南翁悅餘波及老身

過洞庭湖 大曆五年

蛟室圍青草龍堆隱一作擁白沙護堤一作江盤古木迎
棹舞神鴉破浪南風正回檣一作歸畏日斜湖光與天
遠直欲泛仙槎一作雲山千萬疊底處上星槎

秋日寄題鄭監湖上亭三首 大曆元年

碧草違春意沅湘萬里秋池要山簡馬月静庾公樓
磨滅餘篇翰平生一釣舟高唐寒浪減髣髴識昭丘

其二

新作湖邊宅還聞賓客過自須開竹逕誰道避雲蘿
官序潘生拙才名賈誼多捨舟應卜地鄰接意如何

其三

暫住蓬萊閣一作暫阻蓬萊客 終爲江海人揮金應物理拖
玉豈吾身羹煮秋蓴弱盃迎露菊新賦詩分氣象佳
句莫頻頻 弱一作滑

謁真諦寺禪師 大曆元年

蘭若山高處煙霞嶂幾重凍泉依細石晴雪落長松
問法看詩妄觀身向酒慵未能割妻子卜宅近前峯

琴臺 上元二年

茂陵多病後尚愛卓文君酒肆人間世琴臺日暮雲
野花留寶靨蔓草見羅裙歸鳳求皇意寥寥不復聞

春水 上元二年

三月桃花浪江流復舊痕朝來沒沙尾碧色動柴門
接縷垂芳餌連筒灌小園已添無數鳥爭浴故相喧

暮秋將歸秦留別湖南幕府親友 大曆五年

水闊蒼梧野天高白帝秋途窮那免哭身老不禁愁

大府才能會諸公德業優北歸衝雨雪誰憫弊貂裘

一作俱敗弊貂裘

聞惠子過東溪 大曆二年

惠子白驢瘦歸溪唯病身皇天無老眼空谷滯斯人

崖嵒一作蜜一作松花熟一作古山杯一作村一作醪竹葉春柴門了生

事黃園一作綺末稱臣

李監宅

落葉春風起高城煙霧開雜花分户映嬌燕入簷迴

一見能傾產虛懷只愛才鹽官雖絆驥名是漢庭來

早起

春來常早起幽事頗相關帖石防隤岸開林出遠山一丘藏曲折緩步有躋攀童僕來城市缾中得酒還

長吟

江渚翻鷗戲官橋帶柳陰江飛競渡日草見踏青心已撥形骸累真爲爛熳深賦詩歌句穩不免自長吟

樓上

天地空搔首頻抽白玉簪皇輿三極北身事五湖南戀闕勞肝肺論材愧杞柟亂離難自救終是老湘潭

客舊館

陳迹隨人事初秋別此亭重來梨葉赤依舊竹林青

風幔何時卷寒砧昨夜聲無由出江漢秋渚月冥冥

愁少 左檐鮑云寂當作 檐一作擔

高齋常見野愁坐更臨門十月山寒重孤城水氣昏

蔭萌氏種過左檐犬戎也終日憂奔走歸期未敢論

五言絕句

因崔五侍御寄高彭州 適 一絕 上元二年

百年已過半秋至轉飢寒為問彭州牧何時救急難

歸鴈 廣德二年

春 東一作 來萬里客亂定幾年歸腸斷江城鴈高高向

一作正　北飛

即事　寶應元年

百寶裝腰帶真珠絡臂韝笑時花近眼舞罷錦纏頭

絶句　廣德元年

江邊踏青罷迴首見旌旗風起春城暮高樓鼓角悲

絶句二首

遲日江山麗春風花草香泥融飛燕子沙暖睡鴛鴦

其二

江碧鳥逾白山青花欲燃今春看又過何日是歸年

王録事許修草堂貲不到聊小詰　寶應元年

為嗔王録事不寄草堂貲昨屬愁春雨能忘欲漏時

絶句六首 廣德二年

日出籬東水雲生舍北泥竹高鳴翡翠沙僻舞鵾雞

其二

藹藹花蕊亂飛飛蜂蝶多幽棲身懶動客至欲如何

其三

急雨梢溪足斜暉轉樹腰隔巢黄鳥竝翻藻白魚跳

其四

鑿井交椶葉開渠斷竹根扁舟輕褭纜小逕曲通

其五

舍下筍穿壁庭中藤刺到（一作簷）地晴絲冉冉江白草纖纖

其六

江動月移石溪虛雲傍花鳥棲知故道帆過宿誰家

答鄭十七郎一絕（大曆元年）

雨後過畦潤花殘步屐遲把文驚小陸好客見當時

復愁十二首（大曆二年）

人煙生處僻（一作遠）虎跡過新蹄野鶻翻窺草村船逆上溪

其二

鈎艇收緡盡宿鴉（一作鷗）捿翅稀月生初學扇雲鋪不成衣

其三

萬國尚防寇故園今若何昔歸相識少早已戰場多

其四

身覺省郎在家須農事歸年深荒草徑老恐失柴扉

其五

金絲鏤箭鏃皂尾製旗竿一自風塵起猶嗟行路難

其六

正觀銅牙弩開元錦獸張花門小前（一作竿）好此物棄

沙塲

其七

胡虜何曾盛干戈不肯休閭閻聽小子談笑覓封侯

其八

今日翔麟馬先宜駕鼓車無勞問河北諸將覺一作角

榮華

其九

任轉江淮粟休添苑囿兵由來貔虎士不滿鳳凰城

其十

江上亦秋色火雲終不移巫山猶錦樹南國且

十一

每恨陶彭澤無錢對菊花如今九日至自覺酒須賒

十二

病減詩仍拙吟多意有餘身在江湖老猶被賞時魚

武侯廟 大曆元年

遺廟丹青落空山草木長猶聞辭後主不復臥南陽

八陣圖 大曆元年

功蓋三分國名成八陣圖江流石不轉遺恨失吞吳

絕句三首

聞道巴山裏春船正好行都將百年興一望九江城

其二

水檻温江口茅堂石笋西移船先主廟洗藥浣沙溪

其三

設道春來好狂風大放顛吹花隨水去翻却釣魚船

五言七言八句共一題而詩分五言七言者今爲一類

九日五首 闕一首 大曆二年

重陽獨酌盃中酒一作少飲盃中酒抱病豈起一作登江上臺

竹葉於人既無分菊花從此不須開殊方日落玄猿

哭舊國霜前白鴈來弟妹蕭條各何往干戈衰謝

相催

其二

舊日重陽日傳杯不放杯即今蓬鬢改但愧菊花開
北闕心長戀西江首獨廻茱萸賜朝士難得一枝来

其三

舊與蘇司業兼隨鄭廣文采花香泛泛一作蕊蕊坐客醉
紛紛野樹歆還倚秋砧醒却聞歡娛兩冥莫西北有
孤雲

其四

故里樊川菊登高素滻源他時一笑後今日幾人存
巫峽蟠江路終南對國門繫舟身萬里伏枕淚雙痕

爲容裁烏帽從兒具綠樽佳辰對 一作帶 羣盜愁絕更堪論

玉臺觀二首 廣德二年

中天積翠玉臺 一作虛 遙上帝高居絳節朝遂有馮夷來擊鼓始知嬴女善吹簫江光隱見黿鼉窟石勢參差烏鵲橋更有紅顏生羽翰便應黃髮老漁樵

其二

浩劫因王造 一作起 平臺訪古遊綵雲蕭史駐文字魯恭留宮闕通羣帝乾坤到十洲人傳有笙鶴時過此 一作 山頭

自第十四葉至卷終缺葉

卷之十五缺

草堂先生杜工部詩集卷之十六

七言長律

題鄭十八著作丈 乾元元年 心一作翁

州地闊海一作海冥冥雲水長和島嶼青亂後故人雙別淚春深逐客一浮萍酒酣懶舞誰相拽詩罷能吟不復聽第五橋東流恨水皇陂岸北結愁亭賈生對鵩傷王傅蘇武看羊陷賊庭可念此心懷直道也霑新國用輕刑懷一作常禰衡實恐遭江夏方朔虛傳是歲星窮巷悄然一作朔車馬絕案頭乾死讀書螢

寒雨朝行視園樹 大曆二年

柴門雜樹向千株，丹橘黃甘此地無。江上今朝寒雨歇，籬中秀（一作鮮，又作籬邊新）色畫屏紆。桃蹊李徑年雖故，梔子紅椒豔色殊（一作艷復殊）。鑠石藤梢元自落，到天松骨見來枯。林香出實垂將盡，葉蔕辭（一作何）枝不重蘇。愛日恩光蒙借貸，清霜殺氣得憂虞。衰顏動覓藜牀坐，緩步仍須竹杖扶。散騎未知雲閣處，啼猿僻在楚山隅。

清明二首 大曆四年

朝來新火起新煙，湖色春光淨客船。繡羽銜花他自得，紅顏騎竹我無緣。胡童結束還難有，楚女腰肢亦可憐不見定王城，舊處長懷賈傅井。依然，虛霑焦舉爲寒食，實藉嚴君一作君平賣卜錢。鍾鼎山林各天性，濁醪飯任吾年。

此身飄泊苦西東，右臂偏枯半耳聾。寂寂繫舟雙下淚，悠悠伏枕左書空。十年蹴踘將雛遠，萬里鞦韆習俗同。旅鴈上雲歸紫塞，家人鑽火用青楓。秦城樓閣煙一作鶯花裏，漢主山河錦繡中。風水春來洞庭闊，白蘋愁殺白頭翁。

寄岑嘉州大曆二年

不見故人十年餘，不道故人無素書。願逢顏色關塞

遠豈意出守江城居外江三峽且相接斗酒新詩終
自踈謝朓每篇堪諷誦馮唐已老聽吹噓泊船秋夜
經春草伏枕青楓限玉除眼前所寄選何物贈子雲
安雙鯉魚

七言八句

城西陂泛舟 天寶十三年

青蛾皓齒在樓船橫笛短簫悲遠天春風自信牙檣
動遲日徐看錦纜牽魚吹細浪搖歌扇燕蹴飛花落
舞筵不有小舟能盪槳百壺那送酒如泉

贈田九判官 梁丘 天寶十四年

崆峒使節上青霄河隴降王款聖朝宛馬揔肥（一作飛）春苜蓿將軍只數漢嫖姚（一作霍）陳留阮禹（一作瑀）誰爭長京兆田郎早見招麾下賴君才並入獨能無意向漁樵

贈獻納起居田舍人澄　天寶十三年

獻納司存雨露邊（一作偏）地分清切任才賢舍人退食收封事宮女開函近（一作捧）御筵曉漏追趨青瑣闥晴窗點檢白雲篇揚雄更有河東賦唯待吹噓送上天

九日藍田崔氏莊　乾元元年

老去悲秋強自寬興來今日盡君歡羞將短髮還吹

帽笑倩傍人爲正冠藍水遠從千澗落玉山高並兩
峯寒明年此會知誰健一作在醉一作再把茱萸子細[illegible]

臘日 至德二年

臘日常年暖尚遥今年臘日凍全消侵陵雪色還萱
草漏洩春光有一作是柳條縱酒欲謀良一作長夜醉還
家初散紫宸朝口脂面藥隨恩澤翠管銀罌下九霄

曲江二首 乾元元年

花飛減卻春風飄萬點正愁人且看欲盡花經
眼莫厭傷多酒入脣江上小堂巢翡翠花一作苑邊高
塚臥麒麟細推物理須行樂何用浮榮一作名絆此身

朝回日日典春衣，每日江頭盡醉歸。酒債尋常行處有，人生七十古來稀。穿花蛺蝶深深見，一作舞 點水蜻蜓款款一作緩緩 飛。一作叙 傳語風光共流轉，暫時相賞莫相

曲江對酒 乾元二年

苑外江頭坐不歸，水精春一作宮 殿轉霏微。桃花細逐楊花落，一作桃花欲共梨花語 黃鳥時一作仍 兼白鳥飛。縱飲久判人共棄，懶朝真與世相違。吏一作含 情更覺滄洲遠，老大悲傷未拂衣。

曲江對雨 元年

城上春雲覆苑牆，江亭晚色靜年一作天。芳林花著雨燕脂一作支落，水荇牽風翠帶長。龍武新軍深駐輦，芙蓉殿謾焚香。何時詔一作重此金錢會，暫一作爛醉佳人錦瑟傍。

曲江陪鄭八丈南史飲乾元元年

雀啄江頭黃柳花，鵁鶄鸂鶒滿晴沙。自知白髮非春事，盡芳樽戀物華。近侍即今難浪跡，此身那得更無家。丈人文力猶強健，豈傍青門學種瓜。

紫宸殿退朝口號乾元元年

戶外昭容紫袖垂，雙瞻御座引朝儀。香飄合殿春

轉花覆千宮淑景（一作日）移晝漏聲聞（一作稀聞）高閣報
向。近臣。宮中每出歸東省會送夔龍集（一作到）

賈至舍人早朝大明宮呈兩省寮友（乾元二年）

五夜漏聲催曉箭九重（一作天）春色醉仙（一作郊）桃旌旗日暖
龍蛇動宮殿風微燕雀高朝罷香煙携滿袖詩成珠
玉在揮毫欲知世掌絲綸美池上于（一作如）今有（一作得）
鳳毛

賈至詩　銀燭朝天紫陌長禁城春色曉蒼蒼千
條弱柳垂青瑣百囀流鶯滿建章劍佩聲隨玉墀

步衣冠身染御爐香共沐恩波鳳池裏朝朝染翰
侍君王

王維和　絳幘雞人送曉籌尚衣方進翠雲裘九
天閶闔開宮殿萬國衣冠拜冕旒日影纔臨仙掌
動香煙欲傍袞龍浮朝罷須裁五色詔佩聲歸到
鳳池頭　幘一作帽

岑參和　雞鳴紫陌曙光寒鶯囀皇州春色闌金
闕曉鍾開萬戶玉階仙仗擁千官花迎劍佩星初
落柳拂旌旗露未乾獨有鳳凰池上客陽春一曲
和皆難

第六葉至第十六葉缺葉

江閣要賓許馬迎午時起坐自天明浮雲不負青
色細雨何孤白帝城身過花間霑濕好醉於馬上
來輕虛疑皓首衝泥怯實少銀鞍傍險行

見螢火 大曆二年

巫山秋夜螢火飛簾疏巧入坐人衣忽驚屋裏琴書
冷復亂簷前星宿稀却繞井闌添箇箇偶經花蕊弄
輝輝滄江白髮愁看汝來歲如今歸未歸

季夏送鄉弟韶陪黃門從叔朝謁 大曆元年

令弟尚爲蒼水使名家莫出杜陵人比來相國兼安
蜀歸赴朝廷已入秦舍舟策馬論兵地拖玉腰金

主身莫度清秋吟早聞黃閣畫麒麟

返照 大曆二年

楚王宮北正黃昏白帝城西過雨痕返照入江翻石壁歸雲擁樹失山村衰年肺病唯高枕絕塞愁時早閉門不可久留豺虎亂南方實有未招魂

示獠奴阿段 大曆元年

山木蒼蒼落日曛竹竿褭褭細泉分郡人入夜爭餘瀝稚子尋源獨不聞病渴三更迴白首傳聲一注濕青雲曾驚陶侃胡奴異怪爾常穿虎豹羣 稚一作豎

又呈吳郎 大曆二年

堂前撲棗任西鄰無食無兒一婦人不爲困窮寧有
此祇緣恐懼轉須親卽防一作知遠客雖多事使一作便
揷疏籬却甚眞已訴徵求貧到骨正思戎馬淚盈巾

七月一日題終明府水樓二首大歷元年

高棟曾軒已自凉秋風此日灑衣裳翛然欲下陰山
雪不去非無漢署香絕壁過雲開錦繡疏松隔水奏
笙簧看君宜著王喬履眞賜還疑出尚方
宓子彈琴邑宰日終軍棄繻英妙時承家節操尚不
泯爲政風流今在茲可憐賓客盡傾蓋何處老翁來
賦詩楚江巫峽半雲雨清簟疏簾看弈碁

送李八祕書赴杜相公幕 大曆二年

青簾白舫益州來巫峽秋濤天地迴石出倒聽楓葉下櫓搖背指菊花開貪趨相府今晨發恐失佳期後命催南極一星朝北斗五雲多處是三台

寄常徵君 大曆元年

白水青山空復春徵君晚節傍風塵楚妃堂上色殊衆海鶴堦前鳴向人萬事糾紛猶絕粒一官羈絆實藏身開州入夏知涼冷不似雲安毒熱新

覽物 一作峽中覽物 大曆元年

曾爲椽吏趨三輔憶在潼關詩興多巫峽忽如瞻華

嶽蜀江猶似見黄河舟中得病移衾枕洞口經春長薜蘿形勝有餘風土惡幾時回首一高謌

吹笛 大曆元年

吹笛秋山風月清誰家巧作斷腸聲風飄律吕相和切月傍關山幾處明胡騎中宵堪北走武陵一曲想南征故園楊柳今揺一作摧落何得愁中却盡生

秋興八首 大曆元年

玉露凋傷楓樹林巫山巫峽氣蕭森江間波浪兼天湧塞上風雲接地陰叢菊兩一作重開他日淚孤舟一繫故園心寒衣處處催刀尺白帝城高急暮砧

夔府孤城落日斜每依南斗望京華聽猿實下三聲
淚奉使虛隨八月查畫省香爐違伏枕山樓粉堞隱
悲笳請看石上藤蘿月已映洲前蘆荻花

千家山郭靜朝暉日日（一作一日）江樓坐翠微信宿漁人
還泛泛清秋燕子故飛飛匡衡抗疏功名薄劉向傳
經心事違同學少年多不賤五陵衣馬自輕肥

聞道長安似弈棋百年世事不勝悲（一作不堪悲）王侯第
宅皆新主文武衣冠異昔時直北關山金鼓振征西
車馬羽書遲（一作馳）魚龍寂寞秋江冷故國平居有所
思

蓬萊宮闕對南山承露金莖霄漢間西望瑤池降王母東來紫氣滿函關雲移雉尾開宮扇日繞龍鱗識聖顏一卧滄江驚歲晚幾回青瑣點朝班

瞿唐峽口曲江頭萬里風煙接素秋花萼夾城通御氣芙蓉小苑入邊愁珠簾繡柱圍黃鵠錦纜牙檣起白鷗迴首可憐歌舞地秦中自古帝王州

昆明池水漢時功武帝旌旗在眼中織女機絲虛月夜石鯨鱗甲動秋風波漂菰米沉雲黑露冷蓮房墜粉紅關塞極天唯鳥道江湖滿地一漁翁

昆吾御宿自逶迤紫閣峯陰入渼陂一作紫閣峯陰入渼陂昆吾

稻白香稻啄餘鸚鵡粒碧梧棲老鳳凰枝佳人拾翠春相問仙侶同舟晚更移綵筆昔曾干氣象白頭吟望苦低垂

詠懷古跡五首 大曆元年

支離東北風塵際漂泊西南天地間三峽樓臺淹日月五溪衣服共雲山羯胡事主終無賴詞客哀時且未還庾信平生最蕭瑟暮年詩賦動江關

搖落深知宋玉一作為主悲風流儒雅亦吾師悵望千秋一灑淚蕭條異代不同時江山故宅空文藻雲雨荒臺豈夢思最是楚宮俱泯滅舟人指點到今疑

羣山萬壑赴荊門生長明妃尚有村一去紫臺連朔漠獨留青塚向黃昏畫圖省識春風面環珮空歸月夜魂千載琵琶作胡語分明怨恨曲中論

蜀主窺吳幸三峽崩年亦在永安宮翠華想像空山（一作寒山）裏玉殿虛無野寺中古廟杉松巢水鶴歲時伏臘走村翁武侯祠屋長鄰近一體君臣祭祀同

諸葛大名垂宇宙宗臣遺像肅清高三分割據紆籌策萬古雲霄一羽毛伯仲之閒見伊呂指揮若定失蕭曹福移漢祚難恢復志決身殲軍務勞

杜員外兄垂示詩因作此寄上郭受判官

新詩海内流傳困舊德朝中屬望勞郡邑地卑饒
雨江湖天闊足風濤松醪酒熟旁看醉蓮葉舟輕自
學操春興不知凡幾首衡陽紙價頓能高

遣悶呈路十九曹長

江浦雷聲喧昨夜春城雨色動微寒黄鸝並坐交愁
濕白鷺羣飛大劇乾晚節漸於詩律細誰家數去酒
杯寬唯君酷愛清狂客百遍相過意未闌

草堂先生杜工部詩集卷之十六終

草堂先生杜工部詩集卷之十七

七言八句

諸將五首 永泰元年

漢朝陵墓對南山胡虜千秋尚入關昨日玉魚蒙葬地早時金盌出人間見愁汗馬西戎逼曾閃朱旗北斗閑多少材官守涇渭將軍且莫破愁顔

韓公本意築三城擬絶天驕拔漢旌豈謂盡煩回紇馬翻然遠救朔方兵胡來不覺潼關隘龍起猶聞晉水清獨使至尊憂社稷諸君何以荅昇平

洛陽宮殿化爲烽休道秦關百二重滄海未全歸

貢薊門何處覓堯封朝廷衮職雖多預天下軍儲不
自供稍喜臨邊王相國肯銷金甲事春農
回首扶桑銅柱標冥冥氛祲未全銷越裳翡翠無消
息南海明珠久寂寥殊錫曾爲大司馬摠戎皆插侍
中貂炎風朔雪天王地只在忠良翊聖朝
錦江春色逐人來巫峽清秋萬壑哀正憶一作顧往時
嚴僕射共迎中使望鄉臺主恩前後三持節軍令分
明數舉盃西蜀地形天下險安危須仗出羣材

夜 大曆元年 一作秋夜客舍

露下天高秋水清空山獨夜旅魂驚疎燈自照孤帆

宿新月猶懸雙杵鳴南鄰一作國再逢人卧病北書不至鴈無情步蟾一作簷倚杖看牛斗銀漢遥應接鳳城

見王監兵馬使説近山有白黑二鷹羅者久取竟未能得王以爲毛骨有異他鷹恐臘後春生騫飛避暖勁翮思秋之甚眇不可見請余賦詩二首大曆元年

雪一作雲飛玉立盡清秋不惜奇毛恣遠游在野只教心力破千人何事網羅求一生自獵知無敵百中爭能耻下韝鵬礙九天須却避兎經三窟莫深憂

黑鷹不省人間有度海疑從北極來正翮摶風超

塞玄冬幾夜宿陽臺虞羅自各虛施巧春鴈同歸
見猜萬里寒空秪一日金眸玉爪不凡材

閣夜 大曆元年

歲暮陰陽催短景天涯霜雪霽寒宵五更鼓角聲悲一作
壯三峽星河影動搖野哭千家聞戰伐夷歌幾數一作
處起漁樵臥龍躍馬終黃土人事音書漫寂寥人一作事
音壁小寂寥

冬至 大曆二年

年年至日長爲客忽忽窮愁泥殺人江上形容吾獨
老天涯邊一作 風俗自相親杖藜雪後臨丹壑鳴玉朝

來散縈宸心折此時一作時無一寸路迷何處見是一作

三秦

小至 大曆元年

天時人事日相催冬至陽生春又來刺繡五文添弱線吹葭六琯動浮灰岸容待臘將舒柳山意衝寒欲放梅雲物不殊鄉國異教兒且覆掌中杯

舍弟觀赴藍田取妻子到江陵喜寄三首 大曆二年冬

汝迎妻子到荊州消息真傳解我憂鴻雁影來連峽內鶺鴒飛急到沙頭嶢關險路今虛遠禹鑿

穩流朱紱即當隨綵鷁青春不假報黃牛

馬度一作渡秦山雪正深北來肌骨苦寒侵他鄉就我

生春色故國移居見客心歡劇提携如意舞喜多行

坐白頭吟巡簷索共梅花笑冷蘂踈枝半不禁

更信羅含俱有宅春來秋去作誰家短墻若在從殘

草喬木如存可假花卜築應同蔣詡徑為園須似邵

平瓜比年一作因病酒開涓滴弟勸兄酬何怨嗟

奉送蜀州栢二別駕將中丞命赴江陵起居

衛尚書太夫人因示從弟行軍司馬位大曆元年

中丞問俗畫熊頻愛弟傳書綵鷁新遷轉五州防禦

使起居八座太夫人楚宫臘送荆門水白帝雲偷碧
海春與報惠連詩不惜知吾班鬢總如銀

宇文晁尚書之甥崔彧司業之孫尚書之子
重汎鄭監前湖審

郊原俗遠長幽寂野水春來更接連錦席淹留還出
浦葛巾欹側未迴船罇前一作當霞綺輕初散棹拂荷
珠碎却圓不但習池歸酩酊君看鄭谷去夤緣

多病執熱奉懷李尚書之芳 大曆三年

衰年正苦病侵凌首夏何須氣鬱蒸大水淼茫炎海
接奇峯硉兀火雲昇思霑道暍黄梅雨敢望宫恩

并氷不是尚書期不顧山陰野雪興難乘

江陵節度陽城郡王新樓成王請嚴侍御判

官賦七字句同作大曆三年

樓上炎天氷雪生高飛燕雀賀新成碧窻宿霧濛濛濕朱栱浮雲細細輕杖鉞褰帷瞻具美投壺散帙有餘清自公多暇延參佐江漢風流萬古情

又作此奉衛王

西北樓成雄楚都遠開山嶽散江湖二儀清濁還高下三伏炎蒸定有無推轂幾年唯鎮靜曳裾終日盛文儒白頭授簡焉能賦愧似相如為大夫

公安送韋二少府匡贊 大曆三年

逍遥公後世多賢送爾維舟惜此筵念我能書 一作常能 數字至將詩不必萬人傳時危兵革黃塵裏日短江湖白髮前古往今來皆涕淚斷腸分手各風煙

留別公安太易沙門 大曆三年

隱居欲就廬山遠麗藻初逢休上人數問舟航留製作長開篋笥擬心神沙村白雪仍含凍江縣紅梅已放春先踏爐峯置蘭若徐飛錫杖出風塵

燕子來舟中作 大曆五年

湖南為客動經春燕子銜泥兩度新舊入故園嘗識

主如今社日遠看人可憐處處巢居一作君室何異飄
飄託此身暫語船檣還起去穿花落水益霑巾

小寒食舟中作 大曆五年

佳辰強飲食猶寒隱几蕭條帶鶡冠春水船如天上
坐老年花似霧中看娟娟戲蝶過閑幔片片輕鷗下
急湍雲白山青萬餘里看雲直北至長安一作是長安

贈韋七贊善 大曆五年

鄉里衣冠不乏賢杜陵韋曲未央前爾家最近魁三
象時論同歸一作因尺五天北走關山一作河開雨霽南
遊花柳塞雲一作風煙洞庭春色悲公子蝦菜忘歸范

蟲船

酬郭十五判官 大曆四年

才微歲老尚虛名臥病江湖春復生藥裹關心詩總
廢花枝照眼句還成只同燕石能星隕自得隋珠覺
夜明喬口橘洲風浪促繫帆何惜片時程

鄭駙馬宅宴洞中 潛曜 天寶四年

主家陰洞細煙霧留客夏簟青琅玕春酒盃濃琥珀
薄冰漿椀碧瑪瑙寒悞疑茅堂 一作堂 過江麓已入風
磴霾雲端自是秦樓壓鄭谷時聞雜珮聲珊珊

崔氏東山草堂 元元年作

愛汝玉山草堂靜，高秋爽氣相鮮新。有時自發鍾磬
響，落日更見漁樵人。盤剝白鵶谷口栗，飯煮青泥坊
底芹。何爲西莊王給事，柴門空閉鎖松筠。

題省中院壁 乾元元年

掖垣竹埤梧十尋，洞門對雪一作霤常陰陰。落花遊絲
白日靜，鳴鳩乳鷰青春深。腐儒衰晚謬通籍，退食遲
回違寸心。衮職曾無一字補，許身愧比雙南金。

望嶽 乾元元年

西嶽崚嶒一作稜危竦處尊，諸峯羅立一作列似兒孫。安得
仙人九節杖，拄到玉女洗頭盆。車箱入谷無歸一作回

路簡括通天有一門稍待秋風涼冷後高尋白帝問
眞源

章梓州橘亭餞成都竇少尹 得涼字　廣德元年秋

秋日野亭千橘香玉杯錦席高雲涼主人送客何所
作行酒賦詩殊未央衰老應爲難離別賢聲此去有
輝光預傳籍籍新京兆青史無勞數趙張

至後 廣德二年

冬至至後日初長遠在劒南思洛陽青袍白馬有何
意金谷銅駝非故鄉梅花欲開不自覺棣蕚一別永
相望愁極本憑詩遣興詩成吟詠轉淒涼

九日 廣德元年

去年登高郪縣北今日重在涪江濱苦遭白髮不相放羞見黃花無數新世亂鬱鬱久爲客路難悠悠常傍人酒闌卻憶十年事腸斷驪山清路塵

野望 寶應元年

金華山北一作南涪水西仲冬風日始淒淒山連越巂蟠三蜀水散巴渝下五溪獨鶴不知何事舞飢烏似欲向人啼射洪春酒寒仍緑目極傷神誰爲攜

十二月一日三首 永泰元年

今朝臘月春意動雲安縣前江可憐一聲何處送書

鴈百丈誰家上水一作瀨船未將梅蘂驚愁眼更取椒
花媚遠天明光起草人所羨肺病幾時朝日邊
寒輕市上山煙碧日滿樓前江霧黃負鹽出井此溪
女打鼓發船何郡郎新亭舉目風景切茂陵著書消
渴長春花不愁不爛熳楚客唯聽棹相將
即看鷰子入山扉豈有黃鸝歷翠微短短桃花臨水
岸輕輕柳絮點人衣春來準擬開懷久老去親知見
面稀他日一盃難強進重嗟筋力故山違

立春大曆元年

春日春盤細生菜忽憶兩京梅發時盤出高門行白

玉菜傳纖手送青絲巫峽寒江那對眼杜陵遠客不
勝悲此身未知歸定處呼兒覓紙一題詩

赤甲 大曆二年

卜居赤甲遷居新兩見巫山楚水春炙背可以獻天
子美芹由來知野人荆州鄭薛寄書近（一作詩近）蜀客郄
岑非我鄰笑接郎中評事飲病從深酌道吾眞

愁 大曆元年

江草日日喚愁生巫（一作春）峽泠泠非世情盤渦鷺浴
底心性獨樹花發自分明十年戎馬暗萬里異域賓
客老孤城渭水秦山得見否人今罷病虎縱橫

江雨有懷鄭典設 大曆二年春

春雨闇闇塞峽中早晚來自楚王宮亂波分披已打岸弱雲狼藉不禁風寵光蕙葉與多碧點注桃花舒小紅谷口子真正憶汝岸高瀼滑一作闕限西東

雨不絕 廣德二年

鳴雨既過漸細微映空搖颺如絲飛階前短草泥不亂院裏長條風乍稀舞石旋應將乳子行雲莫自濕仙衣眠邊江舸何忽促未得一作待安流逆浪歸

晝夢 大曆二年

二月饒睡昏昏然不獨夜短晝分眠桃花氣暖眼自

醉春渚日落夢相牽故鄉門巷荆棘底中原君臣豺虎邊安得務農息戰鬬普天無吏横索錢

即事 大曆二年

暮春三月巫峽長皛皛行雲浮 一作無 日光雷聲忽送千峯雨花氣渾如百和香黄鸝過水翻迴去燕子啣泥濕不妨飛閣卷簾圖畫裏虚無只少對瀟湘

暮春 大曆元年

臥病擁塞在峽中瀟湘洞庭虚映空楚天不斷四時雨巫峽長吹千里風沙上草閣柳新暗 一作闇 城邊野池蓮欲紅暮春鴛鷺立洲渚挾子翻飛還一叢

簡吳郎司法 大曆二年

有客乘舸自忠州遣騎安置瀼西頭古堂本買藉疏豁借汝遷居停宴遊雲石熒熒高葉曉（曙一作）風江颭亂帆秋却爲姻婭過逢地許坐曾軒數散愁

即事 一作天畔 大曆二年

天畔羣山孤草亭江中風浪雨冥冥一雙白魚不受釣三寸黃甘猶自青多病馬卿無日起窮途阮籍幾時醒未聞細柳散金甲腸斷秦州流濁涇 州一作川

灩澦 大曆二年

灩澦既沒孤根深西來水多愁太陰江天漠漠鳥飛

去風雨時時龍一吟舟人漁子謌迴首估客胡商淚
滿襟寄語舟航惡年少休翻鹽井橫黄金一作擲

白帝大曆元年秋

白帝城中雲出門白帝城下雨翻盆高江急峽雷霆
鬭翠古一作木蒼一作長藤日月昏戎一作去馬不如歸馬
逸千家今有百十一作家存哀哀寡婦誅求盡慟哭秋
原何處村

黄草廣德元年

黄草峽西船不歸赤甲山下行人稀秦中驛使無消
息蜀道兵戈有是非有一作存萬里秋風吹錦水誰家別

淚濕羅衣莫愁劒閣終堪據關道松州已被圍

白帝城最高樓　大曆元年　封　一作對

城尖徑昃一作仄旌旆愁獨立縹緲之飛樓峽坼雲霾龍虎睡江清日抱黿鼉遊扶桑西枝封斷石弱水東影隨長流杖藜歎世者誰子泣血迸空迴白頭

覃山人隱居　大曆二年

南極老人自有星北山移文誰勒銘徵君已去獨松菊哀壑無光留户庭予見亂離不得已子知出處必須經高車駟馬帶傾覆悵望秋天虛翠屏

柏學士茅屋　大曆二年

碧山學士焚銀魚白馬却走身巖居古人已用三冬足年少今一作曾開萬卷餘晴雲滿戶團傾蓋秋水浮堦溜決渠富貴必從勤苦得男兒須讀五車書

暮歸 大曆二年

霜黃碧梧白鶴棲城上擊柝復烏啼客子入門月皎皎誰家擣練風淒淒南度桂水闕舟楫北歸秦一作洛川多鼓鞞年過半百不稱意明日看雲還杖藜

曉發公安數月憩息此縣 大曆三年

北城擊柝復欲罷東方明星亦不遲鄰雞野哭如昨日物色生態一作生生能幾時舟楫眇然自此去江湖遠

適無前期此門轉聠巳陳迹藥餌扶吾隨所之

長沙送李十一 衡 大曆五年

與子避地西康州洞庭相逢十二秋遠媿尚方曾賜履竟非吾土倦登樓久存膠漆應難並一辱泥塗遂晚收李杜齊名真忝竊朔雲黄菊倍離憂 黄一作寒

七言絶句

贈李白 開元十八年

秋來相顧尚飄蓬未就丹砂愧葛洪痛飲狂歌空度日飛揚跋扈爲誰雄

三絶句 寶應元年

楸一作春樹馨香倚釣磯斬新花蘂未應飛不如醉裏
春風一作風吹盡可一作何忍醒時雨打稀
門外鸕鷀久不來沙頭忽見眼相猜自今已後知人
意一日須來一百廻
無數春筍滿林生柴門密掩斷人行會須上番看成
竹客至從嗔不出迎

戲爲六絶上元二年

庾信文章老更成凌雲健筆意縱横今人嗤點流傳
賦不覺前賢畏後生
楊王盧駱當時體輕薄爲文哂未休爾曹身與名俱

滅不廢江河萬古流

縱使盧王操翰墨劣於漢魏近風騷龍文虎脊皆君馭歷塊過都見爾曹

才力應難跨數公凡今誰是出羣雄或看翡翠蘭苕上未掣鯨魚碧海中

不薄今人愛古人清詞麗句必爲鄰竊攀屈宋宜方駕恐與齊梁作後塵

未及前賢更勿疑遞相祖述復先誰別裁僞體親風雅轉益多師是汝師

贈花卿 上元二年

錦城絲管日紛紛半入江風半入雲此曲秖應天上
有人間能得幾回聞

蕭八明府實處覓桃栽 上元二年

奉乞桃栽一百根春前爲送浣花村河陽縣裏雖無
數濯錦江邊未滿園

從韋二明府續處覓錦竹三數叢 寶應元年

華軒藹藹他年到錦竹亭亭出縣高江上舍前無
物幸分蒼翠拂波濤

憑何十一少府邕覓榿木數百栽 上元二年

草堂塹西無樹木一作林非子誰復見幽心飽聞

三年大與致溪邊十畝陰

憑韋少府班覓松樹子栽 上元元年

落落出羣非櫸柳青青不朽豈楊梅欲存老蓋千年意一作老盡一作老畫爲覓霜根數寸栽一作來

又於韋處乞大邑瓷盌 上元二年

大邑燒瓷輕且堅扣如哀一作寒玉錦城傳君家白盌勝霜雪急送茅齋也可憐

詣徐卿覓果子栽 上元二年

草堂少花今欲栽不問綠李與黃梅石筍街中却歸去果園坊裏爲求來

重贈鄭鍊絶句

鄭子將行罷使臣囊無一物獻尊親江山路遠羈離日裘馬誰爲感激人

官池春鴈二首寶應元年

自古稻粱多不足至今鸂鶒亂爲羣且休悵望看春水更恐歸飛隔暮雲

青春欲盡急還鄉紫塞寧論尚有霜翅在雲天終不遠力微矰繳絶須防

中丞嚴公雨中垂寄見憶一絶奉答二絶寶應元年

雨映行宮辱贈詩元戎肯赴野人期（一作元戎欲動野人知）

江邊老病雖無力強擬晴天理釣絲

何日雨晴雲出溪白沙青石先（一作洗）無泥只須伐竹

開荒徑拄杖穿花聽馬嘶（一作啼）

謝嚴中丞送青城山道士乳酒一瓶（寶應元年）

山瓶乳酒下青雲氣味濃香幸見分鳴鞭走送憐漁

父洗盞開嘗對馬軍

得房公池鵝（寶應元年）

房相（一作公）西亭鵝一群眠沙泛浦[illegible]鳳凰池上

應迴首為報籠隨王右軍

戲作寄上漢中王二首 廣德元年

雲裏不聞雙鴈過掌中貪見一珠新秋風嫋嫋吹江漢只在他鄉何處人

謝安舟檝風還起梁苑池臺雪欲飛杳杳東山攜漢妓泠泠脩竹待王歸

投簡梓州幕府兼簡韋十郎官 寶應元年

幕下郎官安穩無從來不奉一行書固一作因知貧病人須棄能使韋郎跡也疎

答楊梓州 廣德元年

悶到楊一作房公池水頭坐逢楊子鎮東州却向青溪

不相見回船應載阿戎遊

惠義寺園送辛員外 廣德元年

朱櫻此日垂朱實，郭外誰家負郭田。萬里相逢貪握手，高才仰望足離筵。

奉和嚴武軍城早秋 廣德二年

秋風嫋嫋動高旌，玉帳分弓射虜營。已收滴博雲間戍，欲奪蓬婆雪外城。

嚴武詩 昨夜秋風入漢關，朔雲邊雪滿西山。更催飛將追驕虜，莫遣沙場匹馬還。

絶句四首 寶應元年

堂西長筍別開門塹北行椒却背村梅熟許同朱老

喫松高擬對阮生論

欲作魚梁雲覆一作復湍因驚四月雨聲寒青溪先有

蛟龍窟竹石如山不敢安

兩箇黃鸝鳴翠柳一行白鷺上青天牕含西嶺千秋

雪門泊東吴萬里船

藥條藥甲一作草甲潤青青色過棕亭入草亭苗滿空山

慙取譽根居隙地怯成形

李司馬橋了承高使君自成都迴 上元二年

向來江上手紛紛三日成功事出羣已傳童子騎

竹揔擬橋東待使君

喜聞賊盜蕃寇揔退口號五首 大曆二年

蘭山隴水入官軍，青海黃河卷塞雲。北極轉秋龍虎氣，西戎休縱犬羊羣。

贊普多教使入秦，數通和好止煙塵。朝廷忽用哥舒將，殺伐虛悲公主親。

崆峒西極過崑崙，駞馬由來擁國門。逆氣數年吹路斷，蕃人聞道漸星奔。

勃律天西采玉河，堅昆碧盌最來多。舊隨漢使千堆寶，少答胡王萬匹羅。

今春喜氣滿乾坤南北東西拱至尊大曆三年調玉燭玄元皇帝聖雲孫

存歿口號二首大曆元年

席謙不見近彈碁畢曜仍傳舊小詩玉局他年無限笑事一作白楊今日幾人悲

鄭公粉繪隨長夜曹霸丹青已白頭天下何曾有山水〻間不解重驊騮

上卿翁請修武侯廟遺像缺落時崔卿權夔州大曆二年

大賢為政即多聞刺史真符不必分尚有西

朝臥龍無首對江瀆

書堂飲既夜復邀[illegible]尚書下馬月下[illegible]

大曆三年三月

湖[illegible]林風相與清殘罇下馬復同傾久拚野鶴如

雙鬢遮莫鄰雞下五更 上水

江南逢李龜年 大曆二年

岐王宅裏尋常見崔九堂前幾度聞正是江南好風

景落花時節又逢君

承聞河北諸道節度入朝歡喜口號絕句十

二首 大曆二年

禄山作逆降天誅更有思明亦已無洶洶人寰猶不
定時時戰鬪欲何須
社稷蒼生計必安蠻夷雜種錯相干周宣漢武今王
是孝子忠臣後代看
喧喧道路多謌謠（一作童謠）河北將軍盡入朝始是乾坤
王室正却教江漢客魂銷
北（一作）道諸公無表來茫然庶事遣人猜擁兵相學
干戈鋭使者徒勞萬里迴
紀府金盞正是修文偃武不藉人興王會登
氣聖壽宜過一萬春

英雄見事若通神聖哲爲[illegible]一身燕趙休[illegible]
[illegible]之凝選才人
[illegible]天台首郎空山樓閣[illegible]光衣冠是以
子弟[illegible]家何人入帝鄉
瀰漫山東一百州削成如[illegible]施青丘苞孛重入歸閑
内王祭還供盡海頭
東逾遼水北滹沱星象風[illegible]君共和紫氣關臨天地
閶闔黄金臺貯俊賢多
漁陽突騎邯鄲兒酒酣並轡金鞭垂意氣即歸雙闕
舞雄豪複遣五陵知

李相將軍擁薊門白頭惟有赤心存竟能盡說諸侯
入知有從來天子尊
十二年來多戰場天威已息陣堂堂神靈漢代中
王功業汾陽異姓王
解悶十二首大曆二
草閣柴扉星散居浪翻江黑雨飛初山禽引子哺紅
果溪女一作[illegible]女得錢留白魚
商胡離別下揚州憶上西陵故驛樓為問
[illegible]乘興欲東流
一辭故國十經秋每見秋瓜憶故丘一作侯今日

采薇蕨何人爲覓鄭瓜州 [illegible] 沈范早知何水部曹劉不待薛郎中獨當省署

開文苑兼泛滄浪學釣翁

李陵蘇武是吾師孟子論文更不疑一飯未曾留俗

客數篇今見古人詩

復憶襄陽孟浩然清詩句句盡堪傳即今耆舊無新

語漫釣槎頭縮項頸一作鯿

陶冶性靈存底物新詩改罷自長吟孰知二謝將

能事頗學陰何苦用心

不見高人王右丞藍田丘壑蔓寒藤最傳秀句寰區

蒲未絕風流相國能
先帝貴妃俱寂寞荔枝還復入長安炎方每續朱櫻
獻玉座應悲白露團
憶過瀘戎摘荔枝青楓隱映石逶迤京華應見無顏
色紅顆酸甜只自知
翠瓜碧李沉玉甃赤梨蒲萄寒露成可憐先不異枝
蔓此物娟娟長遠生
[illegible]岸及江蒲不熟丹宮[illegible]壺雲壑布[illegible]
[illegible]鳥翠眉須 重一作[illegible] 須一作[illegible]

漫成一首 大曆元年

愛花即欲死只恐花[illegible]催繁枝容[illegible]
一作商量細細開
絕句漫興九首上[illegible]
一作客愁[illegible]不醒無[illegible]到江亭門
造次便覺一作教鶯語太丁[illegible]
種桃李非無主野老牆低[illegible]是家恰似春風相欺
[illegible]來吹折數枝花
熟一作知茅齋絕低小江上鷰子故來頻啣泥點
琴書內一作困更接飛蟲打著人
二月已破三月來漸老逢春能幾回莫思身外無窮

事且盡生前有限盃

腸斷春江一作江春欲盡白一作頭杖藜徐步立芳洲顛狂

柳絮隨風去輕薄桃花逐水流

嬾慢無堪不出村呼兒日[illegible]柴門蒼苔濁酒林中

靜碧水春風野外昏

糝徑楊花鋪白氈點溪荷[illegible]青錢筍根稚子無

日一作自

[illegible]上鳧雛傍母眠

[illegible]桑葉可拈江上[illegible]纖人生幾

[illegible]醪如蜜甜

一作門戶外楊柳弱嫋嫋恰似十五兒女腰誰謂

不意生風挽斷最

刑歌十絕句　　午

身巴東山江水　　陶白帝高

險過百牢關

帝夔州各異成蜀江　　流殊名英雄割據非天

朝主并吞在物情

兢起向前朝王者　　先今朝比訝漁陽結然

恨元聽舜日舊簫韶

赤甲白鹽俱刺天閭閻繚繞接山巔楓林橘樹丹青

合複道重樓錦繡懸

瀼東瀼西一萬家江北江南春冬花背飛鶴子遺瓊
蘂相趂鳧鶵入獎牙
東屯稻畦一百頃北有澗水通青苗晴浴狎鷗分
隨神女下朝朝
蜀麻吳鹽自古通萬斛之舟行若風長年三老長
白晝攤錢高浪中
成陽都市合山水時巫峽曾
猶對碧峯疑
與蓬壺中有髙無惜問爨
門江腹擁城隅

人風燈照夜欲三更沙頭宿鷺

跳魚撥䟣一作

春水生二絕上元

二月六夜春水生門前小（作）渾欲平鸕鷀鸂鶒

莫漫喜吾與汝曹俱眼明

一夜水高二尺強數日不可更禁當南市津頭有船

賣無錢即買繫籬傍

江畔獨步尋花七絕句寶應元年

江上被花惱不徹無處告訴只顛狂走覓南鄰愛酒

伴經旬出飲獨空床公自註斛斯融

稠花亂蘂畏褁一作江濵　實怕春。詩酒尚堪
驅使在未須料理白頭
江深竹靜兩三家多事　白花報答春光知
應須美酒送生涯
東望少城花滿煙百花高　可憐誰能載酒開
鏁一作喚取佳人舞繡筵
塔前江水東春光　微風桃花一
深紅愛映一作淺
花滿蹊千朵　低留連戲
鶯恰恰啼

祠堂一作生祠不[illegible] 松柏參天長于
雲日如火炎天

先生杜工部詩集卷之十七卷終

先生杜工部詩集卷之八

飲中八仙歌 天寶年間

知章騎馬似乘船眼花落井水底眠汝陽三斗始朝
天道逢麴車口流涎恨不移封向酒泉左相日興費
萬錢飲如長鯨吸百川銜杯樂聖稱世賢 一作避賢 宗之
蕭灑美少年舉觴白眼望青天皎如玉樹臨風前蘇
晉長齋繡佛前醉中往往愛逃禪李白一斗詩百篇
長安市上酒家眠天子呼來不上船自稱臣是酒中
仙張旭三盃草聖傳脫帽露頂王公前揮毫落紙如

雲煙焦遂五斗方卓然高談雄辯驚四筵

閬水歌　廣德二年

嘉陵江色何所似石黛碧玉相因依正憐日破浪花

又復春從沙際歸巴童[illegible]槳欹側過水雞銜魚來

去飛閬中勝事可腸斷閬[illegible]城南天下稀

病後過王倚飲贈歌　天寶十三載

[illegible]鳳觜世莫識煎膠續[illegible]奇自見尚看王生抱

於甫也何由羨且遇[illegible]疇昔素知

凍餒不足恥[illegible]苦無健王生

答云伏枕艱難[illegible]瘧三秋孰可忍寒

戰頭白眼暗坐十 胝肉黄皮皺命
未平復爲我力 膳遣人向東
出身親自饌長 且綠金城
如練兼求富豪一 剖鮮密沽 酒
宴故人情味晚誰 脚輕欲漩老 爲
不虛當時得意況 殘年飽喫飯只願
又相見

湖城東遇孟雲卿復歸劉顥宅宿宴飲散
爲醉歌 乾元元年

疾風吹塵暗河縣行子隔手不相見湖城城南（一作北）一開

眼駐馬偶識雲卿面況非劉顥爲地主懶廻鞭轡成
高宴劉侯歡歎一作我携客來置酒張燈促華饌且
款曲終今夕休語艱難尚酣戰照室紅鑪促曙光縈
窗素月垂文練天開地裂長安陌寒盡春生洛陽
殿豈知驅車復同軌可惜刻漏隨更箭人生會合不可
常庭樹雞鳴淚如線

戲贈閿鄉秦少府短歌乾元元年

去年行宮當太白朝廻君是同舍客同心不
減每語見許文章伯今日時清兩京道相逢
苦覺人情好昨夜邀懽樂更無多才依舊能潦倒

岷山歌 寅得二七

蜀山一作雪山白[illegible]……玉臺碧松[illegible]

岷江動將崩已未一作首……知根無見一作

與萬華敵中原格[illegible]……[illegible]懸結茅齋一作青[illegible]

樂遊園歌 天寶十[illegible]

遊古園崒森爽煙綿碧草萋萋長公子華筵勢最高秦川對酒平如掌長生木瓢示真率更調鞍馬狂歡賞青春波浪芙蓉園白日雷霆夾城仗閶闔晴開詄蕩蕩曲江翠幕排銀牓拂水低徊一作迴舞袖翻緣雲清切歌聲上却憶年年人醉時只今未醉已先悲

數莖白髮那拋得百罰一作刻深杯亦不辭聖朝亦知
一作已知賤士醜一物自荷皇天慈此身飲罷無歸處獨
立蒼茫自詠詩

閿鄉姜七少府設鱠戲贈長歌乾元元年

姜侯設鱠當嚴冬昨日今日皆天風河凍未漁一作未魚
又作黃河水漁不易得鑿冰恐侵河伯宮饔人受魚鮫人手
洗魚磨刀魚眼紅無聲細下飛碎一作蔡雪有骨已剁
觜春蔥偏勸腹腴愧年少軟炊香飯一作粳緣老翁
落砧何曾白紙濕放箸未覺金盤空新歡便飽姜侯
德清觴異味情屢極東歸貪一作貧路自覺難欲別上

無力可憐爲人好心事我見子眞顏色不得

惆悵望且爲今消憶

題李尊師松樹障子歌 元元年

悄晨樓白頭玄都□訪握髮呼兒延

手提新畫青松障子孫静杳宜憑軒若無

青陰崖却承霜雪 一作露 偃蓋反走虬龍形老夫

生好奇古對此興與精靈聚已知仙客意相親更

覺良工心獨苦松下丈人巾屨同偶坐似 一作自 是商

一作南 山翁悵望 一作惆悵 聊歌紫芝曲時危慘澹來悲風

嚴氏溪放歌 寶應元年

天下干馬未盡銷豈免溝壑常漂漂劍南歲月不可度邊頭公卿仍獨驕費心姑息是一役肥肉大酒徒相要嗚呼古人已糞土獨覺志士甘漁樵況我飄轉無定所終日慽慽忍羈旅秋宿霜溪素月高喜得與子長夜語東遊西還力實倦從此將身更何許知子松根長茯苓遲暮有意來同煮

玄都壇歌寄元逸人（天寶十一年）

故人昔隱東蒙峯已佩含景蒼精龍故人今居子午谷獨在陰崖結茅屋（一作白）屋前太古玄都壇（一作[illegible]）青石漠漠常風寒子規夜啼山竹裂王母晝下雲

𨑨知君此計誠長往芝草琅玕日應長鐵鏁高
身福地何蕭爽

越王樓歌寶應元年

綿州州府何磊落顯慶年中越王作孤城西北起高樓碧瓦朱甍照城郭樓下長江百丈清山頭落日半輪明君王舊跡今人賞轉見千秋萬古情

姜楚公畫角鷹歌寶應元年

楚公畫鷹鷹戴角殺氣森森一作如到幽朔觀者貪愁掣臂飛畫師不是無心學此鷹寫真在左綿却嗟真骨遂虛傳梁間燕雀休驚怕亦未摶空上九天

題壁上韋偃畫馬歌 上元元年

韋侯別我有所適，知我憐君集一作畫無敵。戲試一作拈禿筆掃驊騮，歘見騏驎出東壁。一匹齕草一匹嘶，坐看千里當霜蹄。時危安得真致此，與人同生亦同死。

奉先劉少府新畫山水障歌 天寶十四年

堂上不合生楓樹，怪底江山起煙霧。聞君掃却赤縣圖，乘興遣畫滄洲趣。畫師亦無數，好手不可遇。對此融心神，知君重毫素。豈但祁岳與鄭虔，筆跡遠過楊契丹。得非玄圃裂，無乃瀟湘翻。悄然坐我天姥下，耳邊已似聞清猿。反思前夜風雨急，乃是蒲[illegible]一作[illegible]

神入元氣淋漓障猶濕真宰上訴天應泣野亭春還
雜花遠漁翁暝踏孤舟立滄浪水深青溟闊欹岸側
島秋毫末不見湘妃鼓瑟時今班竹臨江活劉侯天
機精愛畫入骨髓自有兩兒郎揮灑亦莫比大兒聰
明到能添老樹巔崖裏小兒心孔開貌得山僧及童
子若耶溪雲門寺吾獨胡爲在泥滓青鞋布襪從此
始

蘇端薛復筵簡薛華醉歌 天寶十五年

文章有神交有道端復得之名譽早愛客滿堂盡豪
傑開筵上日 月一作 思芳草安得健步移遠梅亂插繁

花向晴昊千里猶殘舊冰雪百壺且試開懷抱垂老
惡聞戰鼓悲急觴爲緩憂心擣少年努力縱談笑看
我形容已枯槁坐中薛華善醉歌歌辭自作風格老
近來海内爲長句汝與山東李白好何劉沈謝力未
工才兼鮑昭愁絶倒諸生頗盡新知樂萬事終傷不
自保氣酣日落西風來願吹野水添金杯如澠之酒
常快意亦知窮愁一作達安在哉忽憶雨時秋井塌古
人白骨生青苔如何不飮令心哀

李潮八分小篆歌 大曆二年

蒼頡鳥跡既茫昧字體變化如浮雲陳蒼石鼓又已

訛大小二篆生八分秦有李斯漢蔡邕中間作者寂
不聞嶧山之碑野火焚棗木傳刻肥失真苦縣光和
尚骨立書一作畫貴瘦硬方通神惜哉李蔡不復得吾
甥李潮下筆親尚書韓擇木騎曹蔡有鄰開元已來
數八分潮也奄有二子成三人況潮小篆逼秦相快
劍長戟森相向八分一字直百金一作千蛟龍盤拏肉
屈強吳郡張顛誇草書草書非古空雄壯豈知吾甥
不流宕丞相中郎丈人行巴一作江東逢李潮逾月求
我歌我今衰老才力薄潮乎潮乎奈汝何

醉時歌天寶十二年

諸公袞袞登臺(一作華)省廣文先生官獨冷甲第紛紛
厭粱肉廣文先生飯不足先生有道出羲皇先生有
文(一作才)過屈宋(一作所談或屈宋)德尊一代常坎軻名垂萬
古知何用杜陵野客人更嗤被褐短窄鬢如絲日糴
太(一作秦)倉五升米時赴鄭[illegible]同襟期得錢即相覓沽
酒不復疑忘形到爾汝[illegible]飲眞(一作直)吾師清夜沉沉
動春酌簷(一作燈)前細[illegible](一作簷)花落但覺高歌有鬼
神焉知餓死塡溝[illegible][illegible]逸才親滌器子雲識字終
投閣先生早賦歸去來石田茅屋荒蒼苔儒術於我
[illegible]有哉[illegible]丘盜跖俱塵埃不須聞此意慘愴生前相

茅屋爲秋風所破歌　永泰元年

八月秋高風怒號卷我屋上三重茅茅飛度江灑一作滿江郊高者挂罥長林梢下者飄轉沉塘坳南村群童欺我老無力忍能對面爲盜賊公然抱茅入竹去脣焦口燥呼不得歸來倚杖自歎息俄頃風定雲墨色秋天漠漠向昏黑布衾多年冷似鐵嬌兒惡臥踏裏裂床床屋漏無乾處雨脚如麻未斷絕自經喪亂少睡眠長夜沾濕何由徹安得廣廈千萬間大庇天下寒士俱歡顔風雨不動安如山嗚呼何時眼前突

兀見此屋吾廬獨破受凍死亦足

荊南兵馬使太常卿趙公大食刀歌（永泰元年）

太常樓船聲嗷嘈問兵刮寇趁（一作趨）下牢牧出令奔
飛百艘猛蛟突獸紛騰逃白帝寒城駐錦袍玄冬示
我胡國刀壯士短衣頭虎毛憑軒拔鞘天爲高翻風
轉日木怒號冰翼[illegible]哀猱鐫錯碧甖鸊鵜膏鋩
鍔（一作鍔鋒）已瑩虛秋濤[illegible]鬼物撇捩亂坑壕蒼水使者捫
赤絛龍伯國人罷[illegible]芮公廻首顏色勞分閫救世
用賢豪趙公玉[illegible]起攬環結佩相終始萬歲持
之護天子得君[illegible]君理蜀江如線針如水荊岑

丸心　巳賊巧惡子休干紀魑魅魍魎徒爲耳妖
腰亂領敢欣喜　同亦不庳亦似長劒須天倚
吁嗟光祿英雄弭　□刀聊可比丹青宛轉麒麟
裏光芒六合無泥滓

相從歌　贈嚴□□

我行入東川十步一回首成都亂罷氣蕭瑟浣花草
堂亦何有梓州豪俊大者誰本州從事知名久把臂
開鐏飲我酒酒酣擊劒蛟龍吼烏帽拂塵青騾粟紫
衣將炙緋一作織衣走銅盤燒蠟光一作焚吐日夜如何
其初促膝黃昏始扣主人門誰謂俄頃膠在漆萬事

盡付形骸外百年未見歡娛畢神傾意豁真佳士久
客多憂今愈疾高視乾坤又可愁一軀交態同悠悠
垂老遇君未恨晚似君須向古人求

魏將軍歌 大曆二年

將軍昔著從事衫鐵馬馳突重兩銜被堅執銳略西
極崑崙月窟東嶄[illegible]羽林萬猛士惡若哮虎子
所監五年起家列霜戟一日過海收風帆平生流輩
徒蠢蠢長安少年[illegible]魏侯骨聳精爽緊華嶽峯
尖見秋隼星纏[illegible]盤陀夜騎天駟超天河欃槍
[illegible]動翠蕤[illegible]相蕩摩吾為子起歌都護[illegible]

[illegible]捭闔[illegible]膽露鈎[illegible]蒼風玄武一作云暮萬[illegible]千秋

奉明主臨江節[illegible]又[illegible]

天育驃騎[illegible]天末年

吾聞天子之馬走千[illegible]之畫圖無乃是是何意態雄且傑駿尾蕭梢[illegible]爲綠縹兩耳黃眼有紫焰雙瞳方矯矯一作矯矯然龍性[illegible]作矯肥性逸合變化卓立天骨森開張伊昔太僕張景順監牧攻駒一作考牧神駒閱清峻監又作老遂令大奴守天育別養驥子憐神俊當時四十萬匹馬張公歎其材盡下故獨寫真傳世人見之座右久更新年多物化空形影嗚呼健步無由騁如今

豈無騕褭與驊騮時無王良伯樂死即休

戲韋偃爲雙松圖歌 上元元年

天下幾人畫古松(一作樹)畢宏已老韋偃少絕筆長風起纖末滿堂動色嗟神妙兩株慘裂苔蘚皮屈鐵交錯廻高枝白摧朽骨龍虎死黑入太陰雷雨垂松根胡僧憩寂寞厖眉皓首無住著偏袒右肩露雙腳葉裏松子僧前落韋侯韋侯數相見我有一匹好東(一作素)絹重之不減錦繡段已令拂拭光凌亂請公放筆爲直幹

題王宰畫山水圖歌 上元元年

十日畫一水五日畫一石能事不受相促迫王宰始
肯留真跡壯哉崑崙方壺丈一作圖挂君高堂之素壁
巴陵洞庭日本東赤岸水與銀河通中有雲氣隨飛
龍舟人漁子入浦漵山木盡亞帶一作洪濤風尤工遠
勢古莫比咫尺應須論一作萬里焉得并州快剪刀
剪取吳松半江水

觀打魚歌寶應元年

綿州江水之東津魴魚鱍鱍色勝銀漁人漾舟沉大
網截江一擁數百鱗衆魚常才盡却弃赤鯉騰出如
有神潛龍無聲老蛟怒迴風颯颯吹沙塵饔子左右

揮霜刀鱠飛金盤白雪高徐州禿尾不足憶漢陰槎頭遠遁逃魴魚肥美知第一既飽驩娛亦蕭瑟君不見朝來割素鬐咫尺波濤永相失

戲作花卿歌 上元二年

成都猛將有花卿學語小兒知姓名用如快鶻風火生見賊惟多身始輕綿州副使着柘黄我卿掃除即日平子璋髑髏血模糊手提擲還崔大夫李侯重有此節度人道我卿作無既稱絕世無天子何不喚取守京都

元二年

君不見仙……竒感應吉夢相……
氏親抱送並是……麟兒大兒九齡色……秋水
為神玉為骨小兒……牛滿堂賓客皆廻頭
知徐公百不憂積善……生公侯又夫生兒有如此
二雛者名位豈肯卑微

乾元中寓居同谷縣作歌七首 乾元二年

有客有客字子美白頭亂髮一作短髮垂過耳歲拾橡栗
隨狙公天寒日暮山谷裏中原無書歸不得手腳凍
皴皮肉死嗚呼一歌兮歌已哀悲風為我從天一作東
來

長鑱長鑱白木柄我生託子以爲命黃精（一作黃獨）無苗
山雪盛短衣數挽不掩脛此時與子空（一作同）歸來男
呻女吟四壁靜嗚呼二歌兮歌始放閭（一作鄰）里爲我
色惆悵

有弟有弟在遠方（一作各一方）三人各瘦何人強生別展
轉不相見胡塵暗天道長東飛駕鵝後鶖鶬安得
送我置汝傍嗚呼三歌兮歌三發汝歸何處收（一作取）
兄骨

有妹有妹在鍾[illegible]早歿諸孤癡長淮
怒十年[illegible]何遲（一作來）扁舟欲往[illegible]

南國多　兮歌四首

晝

四山多風溪水急　颯颯枯樹濕一作枝濕　黃蒿

城雲不開白狐一作玄狐跳梁黃狐立我生胡　在窮谷

中夜起坐萬感集嗚呼　歌兮歌正長魂招　不來歸

故鄉

南有龍兮在山湫古木巃嵸枝相樛木葉黃落龍正

蟄蝮蛇東來水上游我行怪此安敢出拔劍欲斬且

復休嗚呼六歌兮歌思遲一作六歌兮歌思遲遲溪壑為我迴春

姿

男兒生不成名身已老三十一作年飢走荒山道長安卿相多少年富貴應須致身早山中儒生舊相識但話宿昔傷懷抱嗚呼七歌兮悄終曲仰視皇天白日速

七言引

丹青引贈曹將軍霸 廣德二年作

將軍魏武之子孫於今爲庶爲清門英雄割據雖已矣文彩風流今尚 書初學衛夫人但恨無過右軍丹青不知 富貴於我 浮
常引見承恩 殿凌煙功

筆開生面[illegible]賢冠猛將[illegible]
鄂公毛髮動英[illegible]來酣戰先帝天馬[illegible]
工如山貌不同是日牽來赤墀下迥立閶闔生長風
詔謂將軍拂綃素意匠慘澹經營中斯須九重眞龍
出一洗萬古凡馬空玉花却在御榻榻上庭前屹
相向至尊含笑催賜金圉人太僕皆惆悵弟子韓幹
早入室亦能畫馬窮殊相幹惟畫肉不畫骨忍使驊
騮氣凋喪將軍畫善蓋有神必逢佳士亦寫眞即今
漂泊干戈際屢貌尋常行路人途窮返遭俗眼白世
上未有如公貧但看古來盛名下終日坎壈纏其身

韋諷録事宅觀曹將軍畫馬圖引　廣德二年

國初已來畫鞍馬神妙獨數江都王將軍得名三十
載人間又見真乘黃曾貌先帝照夜白龍池十日飛
霹靂内府殷紅瑪瑙盤婕妤傳詔才人索盤賜將軍
拜舞歸輕紈細綺相追飛貴戚權門得筆跡始覺屏
障生光輝昔日太宗拳毛騧近時郭家師子花今之
新一作畫圖有二馬復令識者久歎嗟此皆騎戰一敵
萬縞素漠漠開風沙其餘七匹亦殊絶迥若寒空動
煙雪霜蹄蹴踏長楸間馬官廝養森成列可憐九馬
爭神駿顧視清高氣深穩借問苦心愛

諷前支遁憶昔巡幸新豐宮翠華拂天
磊落三萬匹皆與此圖筋骨同自從獻寶
後射蛟江水中君不見金粟堆前松柏裏龍媒去盡
鳥呼風
馬嘗一作官

桃竹杖引 廣德元年

江心蟠石生桃竹蒼波噴浸尺度足斬根削皮如紫
玉江妃水仙惜不得梓潼使君一作若開一束滿堂賓
客皆歎息憐我老病贈兩莖出入爪甲鏗有聲老夫
復欲東南征乘濤鼓枻一作棹白帝城路幽必爲鬼神
奪杖一作拔劒或與蛟龍爭重爲告曰杖兮杖兮爾之

生也甚正直慎勿見水踴躍學變化爲龍使我不得
爾之扶持滅跡於君山湖上之青峯噫風塵澒洞兮
豺虎咬人忽失雙杖兮吾將曷從

草堂先生杜工部詩集卷之十八

草堂先生杜工部詩集卷之十九

五言行

同元使君舂陵行 并序 大曆二年

覽道州元使君結舂陵行兼賊退後示官吏作二首志之曰當天子分憂之地效漢官良吏之目今盜賊未息知民疾苦得結輩十數公落落然參錯天下為邦伯萬物吐氣天下小安可待矣不意復見比興體制微婉頓挫之詞感而有詩增諸卷軸簡知我者不必寄元

遭亂髮盡（一作遷）白轉衰病相嬰沉緜盜賊際狼狽江

漢行數時棄力薄爲客羸瘵成吾人詩家秀博采世
上名粲粲元道州前賢畏後生觀乎舂陵作歘見俊
哲情復覽賊退篇結也實國楨賈誼昔流慟匡衡常
引經道州憂黎庶詞氣浩縱橫兩章對秋月一作水一
字偕一作階華星致君唐虞際純朴憶大庭何時降璽
書用爾爲冊青獄訟久衰息豈惟偃□□共悽□念誅
求薄斂近休明乃知正人意不苟飛長纓涼飇振南
岳之子寵若驚色沮一作阻金印大興含滄浪一作□一作□
我多長卿病日夕思朝廷肺枯渴太甚漂□
呼兒具紙筆隱几臨軒楹作詩呻吟內□

感彼危苦詞，庶幾知者聽。

彭衙行 天寶十五年

憶昔避賊初，北走經險艱。夜深彭衙道，月[illegible]水山。盡室久徒步，逢人多厚顏。參差谷鳥吟一作鳴，不見遊子還。癡女飢咬我，啼畏虎狼聞。懷中掩其口，反側聲愈嗔。小兒強解事，故索苦李餐。一旬半雷雨，泥濘相攀牽。既無禦雨一作濕備，徑滑衣又寒。有時經一作歷契闊，竟日數里間。野果充糇糧，卑枝成一作作屋椽。早行石上水，暮宿天邊煙。少留同家窪，欲出蘆子關。故人有孫宰，高義薄曾雲。延客已曛黑，張燈啟重門。煖湯濯我

足剪紙招我䰟從此出妻孥相視涕闌干衆雛爛熳
睡喚起霑盤飧誓將與夫子永結爲弟昆遂空所坐
堂安居奉我歡誰肯艱難際豁達露心肝別來歲月
周胡羯仍構患何當有翅翎飛去墮爾前

義鶻行 乾元元年

陰崖有蒼一作二鷹養子黑栢巔白虵登其巢吞噬一作吞
之恣朝餐一作飧雄飛遠求食雌者鳴辛酸力強不可
制黃口無半存其父從西歸一作來翻身入長煙斯
領健鶻痛憤寄所宣斗上捩孤影噭哮來
脫遠枝巨顙拆老拳高空得蹭蹬短草辭

能一掉飽腸已皆穿生雖滅衆雛死亦垂千
有報復快意貴目前茲實鷙鳥最急難心炯
失所往用捨何其賢近經潏水湄此事樵夫傳飄蕭
覺素髮凜烈一作欲衝儒冠人生許與分亦在顧眄間
聊爲義鶻行求激壯士肝

畫鶻行一作畫鶚 至德二年

高堂見生老一作鶻颯爽動秋骨初驚無拘攣何侍立
突兀乃知畫師妙巧刮造化窟寫此神俊姿充君眼
中物烏鵲滿樛枝軒然恐其出側腦看青霄寧爲衆
禽沒長翮如刀劍人寰可超越乾坤空崢嶸粉墨且

蕭瑟緬思想一作雲沙際自有煙霧終[illegible]吾今意何傷顛
步獨紆鬱

七言行

嶽麓山道林二寺行大曆五年

玉泉之南麓山殊道林林壑爭盤紆[illegible]門高開[illegible]洞庭
野殿脚插入赤沙湖五月寒風冷[illegible][illegible]六時天樂朝
香鑪地靈步步雪山草僧寶人人滄[illegible]珠塔劫宮墻
壯麗敵香廚松道清涼俱蓮花一作[illegible]共命[illegible]
榜雙迴三足烏方丈涉海費時節玄圃尋[illegible]
暮年且喜經行近春日兼蒙[illegible]潑扶飈然[illegible]溪

適旁此煙霞茅可誅桃源人家易制度橘州膏腴潭府邑中甚淳古太守庭内不喧呼昔遭皆晦迹今幸樂國養微軀依止（一作此）老宿亦未晚富貴功名焉足圖久爲野客尋幽慣細學何顒免興孤一重一掩吾肺腑山鳥山花吾友于宋公放逐曾題壁物色分留與（一作衔）老夫

瘦馬行（至德二年）

東郊瘦馬使我傷骨骼（一作骸）硉兀如堵墻絆之欲動轉欹側此豈有意仍騰驤細看六印帶官字衆道三軍遺路傍皮乾剥落雜泥滓毛暗蕭條連雪霜去歲

奔波逐餘寇驊騮不慣不得將士卒多騎內廄馬惆悵恐是病乘黃當時歷塊誤一蹶委棄非汝能周防見人慘澹若哀訴失主錯莫無晶光天寒遠放鴈為伴（一作侶）日暮不（一作未）收（一作衣）烏啄瘡誰家且養願終惠更試明年春草長

歲晏行（大曆三年）

歲云暮矣多北風瀟湘洞庭白雲（一作雪）中漁父天寒網罟凍莫徭射鴈鳴桑弓去年米貴闕軍食今年米賤大傷農高馬達官厭酒肉此輩杼軸茅茨空重魚不重鳥（一作肉）汝休枉殺南飛鴻況聞

女割慈忍愛還租庸往日用錢捉私鑄今許鉛[illegible]
錫和青銅刻泥爲之最易得好惡不合長相蒙[illegible]國
城頭吹畫角此曲哀怨何時終

大麥行 寶應元年

大麥乾枯小麥黃婦女行泣夫走藏[illegible]至集壁西梁
洋問誰腰鐮胡與羌豈無蜀兵三[illegible]（一作士人去）部領
辛苦江山長安得如鳥有羽翅託身白雲還故鄉

去秋行

去秋涪江木落時臂槍走馬誰家兒到今不知白骨
處部曲有去皆無歸遂州城中漢節在遂州城外巴

人稀戰場寃魂每夜哭空令野營猛士悲

少年行二首

莫笑田家老瓦盆自從盛酒長兒孫長一作養傾銀注玉

驚人眼共醉終同卧竹根

巢鷰養鷄渾去盡江花結子已一也無多黃衫年少

來宜數不見堂前東逝波

少年行

馬上一作騎馬誰家白面一作薄媚郎臨堦下馬坐人牀不通

姓字麤豪甚指點銀瓶索酒一作味嘗

憶昔行

憶昔北尋小有洞洪河怒濤過輕舸辛勤不見華蓋
君艮岑青輝慘么麽千崖無人萬壑靜三步回首五
步坐秋山眼冷魂未歸仙賞心違淚交墮[illegible]弟子誰依
白茅一作石室盧老獨啟青銅鎖巾拂香[illegible]搗藥塵階
除一作前灰死燒丹火玄圃滄洲莽空闊[illegible]金節羽衣飄
婀娜落日初霞閃餘映倏忽東西無不可松風澗水
聲合時青兕黃熊啼向我徒然咨嗟撫遺跡至今夢
想仍猶佐祕訣隱文須內教晚歲何功使一作收顏果
更討一作覓衡陽董鍊師南遊一作浮早鼓瀟湘柁

天邊行永泰元年

天邊老人歸未得日暮東臨大江哭隴右河源不種田胡騎羗兵入巴蜀洪濤滔天風拔木前飛禿鶖後鴻鵠九度附書向洛陽十年骨肉無消息

光祿坂行 寶應元年

山行落日下絕壁西望千山萬山赤樹枝有鳥亂鳴一作棲時暝色無人獨歸客馬驚不憂深谷墜草動只怕長弓射安得更似開元中年一作[illegible]道路即今多擁隔

渼陂行 天寶十三年

岑參兄弟皆好奇携我遠來遊渼陂天地黤慘忽異

色波濤萬頃堆琉璃琉璃漫汗泛舟入事殊興極
憂思集鼉作鯨吞不復知惡風白浪何嗟及主人錦帆
相爲開舟子喜甚無氛埃鳧鷖散亂棹謳發絲管啁
啾空翠來沈一作沉竿續蔓深莫測菱葉荷花靜一作淨
如拭宛在中流渤澥清下歸無極終南黑半陂已南
純浸山動影裊窕沖融間船舷暝戛雲際寺水面月
出藍田關此時驪龍亦吐珠馮夷擊鼓群龍趣湘妃
漢女出歌舞金支翠旗光有無咫尺但愁雷雨至蒼
茫不曉神靈意少壯幾時奈老何向來哀樂何其多

觀公孫大娘弟子舞劍器行并序　大曆二年

大曆二年十月十九日夔府别駕元持宅見臨潁李十二娘舞劍器壯其蔚跂問其所師曰余公孫大娘弟子也開元三載余尚童稚記於郾城觀公孫氏舞劍器渾脫瀏灕頓挫獨出冠時自高頭宜春梨園二伎坊内人洎外供奉曉是舞者聖文神武皇帝初公孫一人而已玉貌錦衣況余白首今茲弟子亦匪盛顏既辨其由來知波瀾莫二撫事慷慨聊爲劍器行往者吴人張旭善草書書帖數嘗於鄴縣見公孫大娘舞西河劍器自此草書長進豪蕩感激即公孫可知矣行曰

昔有佳人公孫氏一舞劍器動四方觀者如山色沮
喪天地爲之久低昂㸌如羿射九日落矯如羣帝驂
龍翔來如雷霆收震怒罷如江海凝清光絳脣珠袖
兩寂寞晚脫一作 有弟子傳芬芳臨潁美人在白帝妙
舞此曲神揚揚與余問答既有以感時撫事增惋傷
先帝侍女八千人公孫劍器初第一五十年間似反
掌風塵澒洞昏王室梨園弟子散如煙女樂餘姿映
寒日金粟堆南木已拱瞿塘石城草蕭瑟玳筵急管
曲復終樂極悲哀一作 來月東出老夫不知其所往足
繭荒山轉愁疾

醉歌行 天寶十四年

陸機二十作文賦，汝更小年能綴文。總角草書又神速，世上兒子徒紛紛。驊騮作駒已汗血，鷙鳥舉翮連青雲。詞源一作賦倒流三峽水，筆陣獨掃千人軍。只今年纔十六七，射策君門期第一。舊穿楊葉真自知，暫蹶霜蹄未爲失。偶然擢秀非難取，會是排風有毛質。汝身已見唾成珠，汝伯何由髮如漆。春光澹沱秦東亭，渚蒲牙白水荇青。風吹客衣日杲杲，樹攪離思花冥冥。酒盡沙頭雙玉瓶，衆賓皆醉我獨醒。乃知貧賤別更苦，吞聲躑躅涕泣零。

古栢行 大曆元年

孔明廟前一作階有老栢柯如青銅根如石霜皮溜雨

四十圍黛色參天二千尺君臣已與時際會樹木猶

爲人愛惜雲來氣接巫峽長月出寒通雪山白憶昨

路繞錦亭東先主武侯同閟宮崔嵬枝幹郊原古窈

窕丹青户牖空落落盤踞雖得地冥冥孤高多烈風

扶持自是神明力正直元因造化功大廈如傾要梁

棟萬牛迴首丘山重不露文章世已驚未辭剪伐誰

能送苦心豈免容螻蟻香葉終經宿鸞鳳志士幽人

莫怨嗟古來材大難爲用

狂歌行贈四兄

與兄行年校一歲賢者是兄愚者弟兄將富貴等浮雲弟切功名好權勢長安秋雨十日泥我曹鞴馬聽晨鷄公卿朱門未開鏁我曹已到肩相齊吾兄睡穩方舒膝不襪不巾踏曉日男啼女哭莫我知身上須繒腹中實今年思我來嘉州嘉州酒重花繞樓樓頭喫酒樓下卧長歌短詠還相酬四時八節遂拘禮女拜弟妻男拜弟幅巾鞶帶不掛身頭脂足垢何曾洗吾兄吾兄巢許倫一生喜怒長任真日斜枕肘寢已熟啾啾唧唧何爲人

驄馬行

鄧公馬癖人共知初得花驄大宛種夙昔傳聞思一
見牽來左右神皆竦雄姿逸態何崷崪顧影驕嘶自
矜寵隅目青熒夾鏡懸肉騣碨礧連錢動朝來久試
華軒下未覺千金滿高價赤汗微生白雪毛銀鞍却
覆香羅帕卿家舊物（一作賜）公能取（一作有之）天廄真龍此
其亞晝洗須騰涇渭深朝趨可刷幽并夜吾聞良驥
老始成此馬數年人更驚豈有四蹄疾如（一作於）鳥不
與八駿俱先鳴時俗造次那得致雲霧晦冥方降精
近聞下詔喧都邑肯使（一作知有）騏驎地上行

錦樹行

今日苦短昨日休歲云暮矣增離憂霜凋碧樹作錦樹萬壑東逝無停留荒戍之城石色古東郭老人住青丘飛書白帝營斗粟琴瑟几杖柴門幽青草萋萋盡枯死天驥跛足隨氂牛自古聖賢多薄命姦雄惡少封公侯故國三年一消息終南渭水寒悠悠五陵豪貴反顛倒鄉里小兒狐白裘生男墮地要膂力生女富貴傾邦國莫愁父母少黃金天下風塵兒亦得

高都護驄馬行 天寶七年

安西都護胡青驄聲價欻然來向東此馬臨陣久無

敵與人一心成大功功成惠養隨所致飄飄一作颻颻遠
自流沙至雄姿未受伏櫪恩猛氣猶思戰場利腕促
蹄高如踣鐵交河幾蹴曾冰裂五花散作雲滿身萬
里方看汗流血長安壯兒不敢騎走過掣電傾城知
青絲絡頭爲君老何由却出橫門道

李鄠縣丈人胡馬行 乾元元年

丈人駿馬名胡騮前年避胡過金牛迴鞭却走見天
子朝飲漢水暮靈州自矜胡騮奇絶代乗出千人萬
人愛一聞說盡急難材轉益愁向駑駘輩頭上鋭耳
批秋竹脚下高蹄削寒玉始知神龍别有種不比俗

馬空多肉洛陽大道時再清累日喜得俱東行鳳臆龍鬐一作麟鬐未易識側身注目長風生

最能行 大曆元年

峽中丈夫絕輕死少在公門多在水富豪有錢駕大舸貧窮取給行艓子小兒學問止論語大兒結束隨商旅欹帆側柁入波濤撇漩捎濆無險阻朝發白帝暮江陵頃來目擊信有徵瞿塘漫天虎鬚一作眼怒歸州長年行最能此鄉之人氣量窄誤競南風疏北客若道士無英俊才何得山有屈原宅

負薪行 大曆元年

夔州處女髮半華四十五十無夫家更遭喪亂嫁不售一生抱恨堪咨嗟土風坐男使女立應當門户女出入十猶(一作有)八九負薪歸賣薪得錢應供給至老雙鬟只垂頸野花山葉銀釵並筋力登危集市門死生射利兼鹽井面粧首飾雜啼痕地褊衣寒困石根若道巫山女麤醜何得此(一作比)有昭君村

惜別行送向卿進奉端午御衣之上都(大曆三年)

肅宗昔在靈武城指揮猛將收咸京向公泣血灑行殿佐佑卿相乾坤平逆胡冥寞隨烟燼卿家兄弟功名震麒麟閣畫鴻鴈行紫極出入黄金印尚書勳業

超千古雄鎮荆州繼吾祖裁縫雲霧成御衣拜跪題
封賀端午向卿將命寸心赤青山落日江潮白卿到
朝廷說老翁漂零已是滄浪客

徒步歸行至德二年

明公壯年值時危經濟實藉英雄姿國之社稷今若
是武定禍亂非公誰鳳翔千官且飽飯衣馬不復能
輕肥青袍朝士最困者白頭拾遺徒步歸人生交契
無老少論交何必先同調一作論心誰謂古今殊異代可同調妻子山
中哭向天須公櫪上追風驃

呀鶻行

病鶻卑飛俗眼醜每夜江邊宿衰栁清秋落日已側身過鳶歸鵶錯迴首緊腦雄姿迷所向疎翮稀毛不可狀強神迷復皂鵰前俊才早在蒼鷹上風濤颯颯寒山陰熊羆欲蟄龍蛇深念爾此時有一擲失聲濺血非其心

百憂集行上元二年

憶年十五心尚孩健如黃犢走復來庭前八月梨棗熟一日上樹能千迴即今倏忽已五十坐卧只多少行立強將笑語供主人悲見生涯百憂集入門依舊四壁空老妻覩我顏色同癡兒未知父子禮叫怒索

飲啼門東

赤霄行 永泰元年

孔雀未知牛有角渴飲寒泉逢牴觸赤霄玄圃須往來翠尾金花不辭辱江中淘河嚇飛鶩銜泥却落羞華屋皇孫猶曾蓮勺困衛（一作鮑）莊見貶傷其足老翁慎莫怪少年葛亮貴和書有篇丈夫垂名動萬年記憶細故非高賢

海椶行 寶應元年

左綿公館清江濆海椶一株高入雲龍鱗犀甲相錯落蒼稜白皮十抱文自是衆木亂紛紛海椶焉知身

出群移栽北辰不可得時有西域胡僧識

苦戰行 寶應元年

苦戰身死馬將軍自云伏波之子孫干戈未定失壯

士使我歎恨傷精魂去年江南討狂賊臨江把臂難

再得別時孤雲今不飛時獨看雲淚橫臆

縛雞行 大曆元年

小奴縛雞向市賣雞被縛急相喧爭家中厭雞食蟲

蟻不知雞賣還遭烹蟲雞於人何厚薄吾叱奴人解

其縛雞蟲得失無了時注目寒江倚山閣

短歌行 廣德元年

前者途中一相見人事經年記君面後生相動一作勸
何寂寥君有長才不貧賤君今起柂春江流余亦沙
邊具小舟幸爲達書賢府主江花未盡會江樓

折檻行大曆三年

嗚呼房魏不復見秦王學士時難羨青襟胄子困泥
塗白馬將軍若雷電千載少似朱雲人至今折檻空
嶙峋婁公不語宋公語尚憶先皇容直臣

兵車行天寶九年

車轔轔馬蕭蕭行人弓箭各在腰耶孃妻子走相送
塵埃不見咸陽橋牽衣頓足攔道哭哭聲直上干雲

霄道旁過者問行人行人但云點行頻或從十五北
防河便至四十西營田去時里正與裹頭歸來頭白
還一作猶戍邊邊庭流血成海水武一作我皇一作帝開邊
意未已君不聞漢家山東二百州千村萬落生荆杞
縱有健婦把鋤犂禾生隴畒無東西況復秦兵耐苦
戰被驅不異犬與雞長者雖有問役夫敢伸恨且如
今年冬未休關一作隴西卒一作役夫心益憤如今縱得休休爲隴西卒縣
官急索租租稅從何出信知生男惡反是生女好生
女猶是嫁比鄰生男埋沒隨百草君不見青海頭古
來白骨無人收新鬼煩寃舊鬼哭天陰雨濕聲一作悲

啾啾

惜別行送劉僕射判官

聞道南行市駿馬不限疋數軍中須襄陽幕府天下
異主將儉省憂艱虞秪收壯健勝鐵甲豈因格鬬求
龍駒而今西北自反胡騏驎蕩盡一疋無龍媒真種
在帝都子孫未落西南隅向非戎事備征伐君肯辛
苦越江湖江湖凡馬多顦顇衣冠往往乘蹇驢梁公
富貴於身踈號令明白人安居俸錢時散士子盡府
庫不爲驕豪虛以茲報主寸心赤氣却西戎迴北狄
羅網羣馬藉馬多氣用駈除出金帛劉侯奉使光推

揮滔滔才略滄溟窄杜陵老翁秋繫船扶病相識長沙驛強梳白髮提胡盧手兼菊花路傍摘九州兵革浩茫茫三歎聚散臨重陽當杯對客忍涕淚君不覺老夫神内傷

冬狩行 廣德元年

君不見東川節度兵馬雄校獵亦似觀成功夜發猛士三千人清晨合圍步驟同禽獸已斃十七八殺聲落日迴蒼穹幕前生致九青兕馲駞𡾰垂玄熊東西南北百里間髣髴蹴踏寒山空有鳥名鸜鵒力不能高飛逐走蓬肉味不足登鼎俎胡爲見羇虞羅中

春蒐冬狩侯得同使君五馬一馬驄況今攝行大將權號令頗有前賢風飄然時危一老翁十年厭見旌旗紅喜君士卒甚整肅爲我回轡擒西戎草中狐兔盡何益天子不在咸陽宮朝廷雖無幽王禍得不哀痛塵再蒙嗚呼得不哀痛塵再蒙

入奏行 寶應元年

竇侍御驥之子鳳之雛年未三十忠義俱骨鯁絕代無儔如一段清氷出萬壑置在迎風寒露之玉壺蔗漿歸廚金盌凍洗滌煩熱足以寧君軀政一作整用疎通合典則戚聯豪貴躭文儒兵革未息人未蘇天子

亦念西南隅吐蕃憑陵氣頗麤竇氏檢察應時須運
糧繩橋壯士喜斬木火井窮猿呼八州刺史思一戰
三城守邊却可圖此行入奏計未小密奉聖旨恩宜
殊繡衣春當霄漢立綵服日向庭闈趨省郎京尹必
俯拾江花未落還成都肯訪浣花老翁無一作公來肯訪浣花老
爲君酤酒滿眼酤與奴白飯馬青芻

偪側一作仄行贈畢曜一作偲偲行乾元元年

偪側何偪側我居巷南子巷北可恨鄰里間十日不
一見顔色自從官馬送還官行路難行澁如棘我貧
無乘非無足昔者相遇一作逢今不得實不是愛微軀一作慵相

訪又非闗足無力徒步翻愁官長怒此心烱烱君應識曉來急雨春風顛睡美不聞鍾鼓傳東家蹇驢許借我泥滑不敢騎朝天已令請急會通籍（一作已令把牒還請）發男兒性命絶可憐焉能終日心（一作神）拳拳憶君誦詩神凛然辛夷始花亦（一作又）已落況我與子非壯年街頭酒價常苦貴方外酒徒稀醉眠速宜相就飲一㪷恰有三百青銅錢

偏側注相逼也

沙苑行（天寶十三年）

君不見左輔白沙如水繚以周牆百餘里龍媒昔是渥洼生汗血今稱獻於此苑中騋牝三千匹豐草

青青寒不死食之豪健西域無每歲攻（一作牧）駒冠邊
鄙王有虎臣司苑門入門天廐比雲屯驌驦一骨獨
當御春秋二時歸至尊至尊内外馬盈億（一作内外爲數將盈
億）伏櫪在坰空大存逸羣絕足信殊傑倜儻權奇難
具論纍纍塠阜藏奔突往往坡陁縱超越角壯翻同
麋鹿遊浮深皺蕩黿鼉窟泉出巨魚長比人丹砂作
尾黃金鱗豈知異物同精氣雖未成龍亦有神

麗人行 天寶十三年

三月三日天氣新長安水邊多麗人態濃意遠淑且
真肌理細膩骨肉勻繡（一作畫）羅衣裳照暮春蹙金孔

雀銀麒麟頭上何所有翠微（一作爲）㔩（一作匌）葉垂鬢脣
背後何所見珠壓腰衱穩稱身就中雲幕椒房親賜
名大國虢與秦紫駝之峯（一作岑）出翠釜水精之盤行
素鱗犀筯厭飫久未下鸞刀縷切空（一作坐）紛綸黃門
飛鞚不動塵御厨絲絡（一作絡繹）送入珍簫鼓（一作管）哀吟（一作）
感鬼神賓從雜遝實要津後來鞍馬何逡巡當軒（一作）
道下馬入錦茵楊花雪落覆白蘋青鳥飛去銜紅巾
炙手可熱勢（一作正，一作世）絕倫慎莫近（一作向）前丞相嗔

杜鵑行

古時杜宇稱望帝魂作杜鵑何微細跳枝竄葉樹木

中搶佯瞥捩雌隨雄毛衣慘黑皃憔悴衆鳥安有相
尊崇隳形不敢栖華屋短翮惟願巢深叢穿皮啄朽
觜欲禿苦飢始得食一蟲嗟言養雛不自哺此語亦
足爲愚蒙聲音咽咽如有謂號啼略與嬰兒同口乾
垂血轉迫促似欲上訴於蒼穹蜀人聞之皆起立至
今斆學傳遺風廼知變化不可窮豈思昔日居深宮
嬪嬙左右如花紅

虎牙行 大曆二年

秋風欻吸吹南國天地慘慘無顏色洞庭揚波江漢
迴虎牙銅柱皆傾側巫峽陰岑朔漠氣峯巒窈窕溪

谷黑杜鵑不來猿狖寒山鬼幽憂雪霜逼楚老長嗟
憶炎瘴三尺角弓兩斛力壁立石城橫塞起金錯旌
竿蒲雲直漁陽突騎獵青丘犬戎鏁甲聞丹極八荒
十年防盜賊征戍誅求寡妻哭遠客中宵淚霑臆

石犀行上元二年秋

君不見秦時蜀太守刻石立作三犀牛自古雖有猒
勝法天生江水向一作須東流蜀人矜誇一千載泛溢
不近張儀樓今年灌口損戶口此事或恐爲神羞終
藉隄防出衆力高擁木石當清秋先王作法皆正道
詭怪何得參人謀嗟爾三犀不經濟缺訛只與長川

逝但見元氣常調和自免洪濤恣彫瘵安得壯士提
天綱再平水土犀奔茫

石笋行 上元元年

君不見益州城西門陌上石笋雙高蹲古來一作若相
傳是海眼苔蘚食盡波濤痕雨多往往得瑟瑟此事
恍惚難明論恐是昔時卿相墓立石為表今仍存惜
哉俗態好蒙蔽亦如小臣媚至尊政化錯迕失大體
坐看傾危受厚恩嗟爾石笋擅虛名後生未識猶駿
奔安得壯士擲天外使人不疑見本根 生一作來

杜鵑行 上元元年

君不見昔日蜀天子化爲杜鵑似老烏寄巢生子不自啄羣鳥至今爲哺雛雖同君臣有舊禮骨肉滿眼身羇孤業工竄伏深樹裏四月五月偏號呼其聲哀痛口流血所訴何事常區區爾豈摧殘始發憤羞帶羽翮傷形愚蒼天變化誰料得萬事反覆何所無萬事反覆何所無豈憶當殿羣臣趨

白絲行 天寶十一年

繅絲須長不須白越羅蜀錦金粟尺象牀玉手亂殷紅萬草千花動凝碧已悲素質隨時染一作段裂下鳴機色相射美人細意熨帖平裁縫滅盡線跡春天衣

着爲君舞蛺蝶飛來黄鸝語落絮遊絲亦有情隨風
照日宜（一作疑）輕舉香汗輕塵汙顔色（一作香汗清塵似顔色）開
新合故置何（一作相）許君不見才（一作志）士汲引難恐懼
棄捐忍羈旅

醉歌行 大曆二年

神仙中人不易得顔氏之子才孤標天馬長鳴待駕
馭秋鷹整翮當雲霄君不見東吳顧文學君（一作又）不
見西漢杜陵老詩家筆勢君不嫌詞翰升堂爲君掃
是日霜風凍七澤烏蠻落照銜赤壁酒酣耳熱忘頭
白感君意氣無所惜一爲（一作醉）歌行歌主客

短歌行 寶應元年

王郎酒酣拔劒斫地歌莫哀我能拔爾抑塞磊落之奇才豫樟翻風白日動鯨魚跋浪滄溟開且脫佩劒一作翩佩休徘徊西得諸侯棹錦水欲向何門趿珠履仲宣樓頭春已深青眼高歌望吾子眼中之人吾老矣

莫相疑行 永泰元年

男兒生無所成頭皓白牙齒欲落眞可惜憶獻三賦蓬萊宮自怪一日聲輝赫集賢學士如堵牆觀我落筆中書堂往時文彩動人主此日飢寒趨路旁晚將末契託年少當面輸一作論心背面笑寄謝悠悠世上

兒不爭好惡莫相疑

今夕行 天寶五年

今夕何夕歲云徂更長燭明不可孤咸陽客舍一事無相與博塞一作賭博爲歡娛憑陵大叫呼五白袒跣不肯成梟盧一作牟英雄有時亦如此邂逅豈即非良圖君莫笑劉毅從來布衣願家無儋石輸百萬

朱鳳行 大曆五年

君不見瀟湘之山衡山高山巔朱鳳聲嗷嗷側身長顧求其羣翅垂口噤心甚勞下愍百鳥在羅網黃雀最小猶難逃願分竹實及螻蟻盡使鴟梟相怒號

去矣行

君不見韝上鷹一飽則飛掣焉能作堂上燕啣泥附炎熱野人曠蕩無靦顏豈可久在王侯間未試囊中湌玉法明朝且入藍田山

白鳧行 大暦二年

君不見黃鵠高於五尺童化爲白鳧似一作象老翁故畦遺穗已蕩盡天寒歲暮一作日暮波濤中鱗介腥羶素不食終日忍飢西復東魯門鶢鶋亦蹭蹬闕[illegible]猶避風

蠶穀行 大暦三年

自第二十三葉至卷終缺葉

「卷之二十」自第一葉至第十葉缺葉

滅致君□□焉肯朽吾輩碌碌

迴首 展□ □南 一作西南

枏樹 一作柟 爲風雨所拔歎 求恭

倚江枏樹草堂前故老 一作古老 相傳二百年

□爲此五月髣髴聞寒蟬東南飄風動地

□走流雲氣幹排雷雨猶力爭根斷泉源豈

□樹性所愛浦上童童一青蓋野客頻留

□不過聽竽籟虎倒龍顛委榛棘淚痕血點

我有新詩何處吟草堂自此無顏色

秋雨歎三首 天寶十三年

雨中百草秋爛死，堦下决明顏色鮮。著葉滿枝翠羽蓋，開花無數黃金錢。凉風蕭蕭吹汝急，恐汝後時難獨立。堂上書生空白頭，臨風三嗅馨香泣。

再吟

蘭風伏（一作長）雨（一作東風一作細雨）秋紛紛，四海（一作[illegible]）八荒同一雲（一作萬里同一雲）。去馬來牛不復辨，濁涇清渭何當分。禾頭生耳黍穗黑，農夫田父無消息。城中斗米換衾裯，相許寧論兩相直。

又吟

長安布衣誰比數，反鎖衡門守環堵。老夫不出長蓬

蒿稚子無憂走奏一作風雨雨聲颼飀催早寒胡鴈翅濕高飛難秋來未曾一作日見白日泥汙后一作土何時乾

歎庭前甘菊花天寶十三年

簷增一作前甘菊移時晚青蘂重陽不堪摘明日蕭條盡醉醒殘花爛熳開何益籬邊野外多衆芳采擷細瑣升中堂念茲空長大枝葉結根失所纏風霜

五言別

新婚別

兔絲附蓬麻引蔓故不長嫁女與征夫不如棄

結髮爲妻子席不暖君牀暮婚晨告别無乃太忽忙
君行雖不遠守邊赴(一作戍)河陽妾身未分明何以拜
姑嫜父母養我時日夜令我藏生女有所歸雞狗(一作
犬)亦得將君今往死地沉痛迫中腸誓欲隨君往形
勢反蒼黃勿爲新婚念努力事戎行婦人在軍中兵
氣恐不揚自嗟貧家女久致(一作致此)羅襦裳羅襦不復
施對君洗紅粧仰視百鳥飛大小必雙翔人事(一作生)
多錯迕與君永相望

垂老别

四郊(一作方)未寧靜垂老不得安子孫陣亡盡焉用身

獨完投杖出門去同行爲辛酸幸有牙齒存所悲骨
髓一作肉乾男兒既介冑長揖別上官老妻臥路啼歲
暮衣裳單孰知是死別且復傷其寒此去必不歸還
聞勸加餐土門壁甚堅杏園度亦難勢異鄴城下縱
死時猶寬人生有離合豈擇衰盛一作老端憶昔少壯
日遲迴竟長歎萬國盡征戍一作東征烽火被岡巒積屍
草木腥流血川原丹何鄉爲樂土安敢尚盤桓棄絕
蓬室居塌然摧肺肝

無家別

寂寞天寶後園廬但蒿藜我里百一作萬餘家世亂各

東西存者無消息死者爲（又委）塵泥賤子因陣敗歸

尋舊蹊（一作故）久行見空巷日瘦氣慘悽但對狐與貍

豎毛怒我啼四鄰何所有一二老寡妻宿鳥戀本枝

安（一作敢）辭且窮棲方春獨荷鋤日暮還灌畦縣吏知

我至召令習鼓鞞雖從本州役內顧無所攜近行止

一身遠去終轉迷家鄉既盪盡遠近理亦齊永痛長

病母五年委溝谿生我不得力終身兩酸嘶人生無

家別何以爲蒸黎

草堂先生杜工部詩集卷之二十

草堂先生杜工部詩集宋本半葉十行行二十字白文無注書名不載公私紀錄為極罕見之本或傳清内庫所藏曾有人收得零頁云現殘存第十四卷（一至十三葉）第十六卷（一至五葉十七至二十一葉）第十七卷（全）第十八卷（全）第十九卷（一至二十二葉）第二十卷（十一至十三葉）共六卷八十七葉而已存書既無序跋無敘目寸查何人所輯為卷幾何皆不得而詳矣

是書體例甚奇共十四卷分為五言八句五言絶句五言七言八句十六卷分為七言長律七言

八句十七卷分為七言八句七言絕句十八卷分為七言歌七言行十九卷分為五言引七言引二十卷分為歎五言别杜詩或依編年或概分為古近體或據內容分紀行述懷等從無作如此瑣碎之分類者蓋坊本也

書中匡字缺筆（十六卷十九葉十九卷一葉）慎字缺筆（十八卷十五葉十九卷十三葉）依缺筆約可斷為淳熙刊本依紙質字體約可斷為建陽刊本

藏印有葉羅兩姓非關重要二十卷末有

明人「孫氏家藏」白文印亦不知為誰何也
成都杜甫紀念館所藏杜詩僅一宋本草堂
詩箋忽見此本於北京中國書店急代收之事
為北京圖書館所悉驚為異本曾謀迫讓書原
有錯簡特為重裝因識 一九六五年夏末於北
京李一氓

江迴風陷日孤光動角鷹翻倒壯士臂將
勇乘二鷹猛腦絛徐墜目如愁（一作愁）胡
竹兔不自見（一作惜）溪虎野羊[illegible]辟易鞲上[illegible]
翮將軍勇銳與之敵將軍[illegible]勳起安西崑崙[illegible]
[illegible]踏白羽曾肉三狻猊敢決豈不與之齊[illegible]
得將軍亦如角鷹下翔（一作翔）雲惡鳥飛[illegible]
得爾輩開其羣驅出六合梟鸞分　　軒勇

憶昔二首　廣德二年

憶昔先皇巡朔方千乘萬騎入咸陽陰山驕子汗血
馬[illegible]驅東胡胡走藏鄴城反覆不足怪關中小兒壞

紕[illegible]張后不樂上為忙至今今上猶撥亂勞心焦思
補四方我昔近侍叨奉引出兵[illegible]整肅不可當爲
留猛士守未央致使岐雍防西[illegible]犬戎直來坐御床
百官跣足隨天王願見北地傅介子老儒不用尚書
郎

其二

憶昔開元全盛日小邑猶[illegible]萬家室稻米
白公私倉廩俱豐實九州道[illegible]無豺虎遠
日出齊紈魯縞車班班男耕女桑不
奏雲門天下朋友皆膠漆百餘年間未

「匡」字缺筆

夔府孤城落日斜每依南斗望京華聽猿實下三聲
淚奉使虛隨八月查畫省香爐違伏枕山樓粉堞隱
悲笳請看石上藤蘿月已映洲前蘆荻花
千家山郭靜朝暉日日（一作一日）江樓坐翠微信宿漁人
汎汎清秋燕子故飛飛匡衡抗疏功名薄劉向傳
經心事違同學少年多不賤五陵衣馬自輕肥
聞道長安似弈碁百年世事不勝悲（一作不堪悲）王侯第
宅皆新主文武衣冠異昔時直北關山金鼓振征西
車馬羽書遲（一作馳）魚龍寂寞秋江冷故國平居有所
思

「愼」字缺筆

▢也甚正直愼勿見水踴躍學變化爲龍使我不得

爾之扶持滅跡於君山湖上之青峯噫風塵澒洞兮

豺虎咬人忽失雙杖兮吾將曷從

草堂先生杜工部詩集卷之十八

「臣」字缺筆

漢行歎時藥力薄爲客羸瘵成吾人詩家秀慱采世
上名粲粲元道州前賢畏後生觀乎春陵作欻見俊
情復覽賊退篇結也實國楨賈誼昔流慟匡衡常
引經道州憂黎庶詞氣浩縱横兩章對秋月一作水一
字偕一作階華星致君唐虞際純朴憶大庭何時降璽
書用爾爲丹青獄訟久衰息豈唯偃甲兵悽惻念誅
求薄斂近休明乃知正人意不苟飛長纓涼飆振南
岳之子寵若驚色沮一作阻金印大輿會不湏一作去
我多長卿病日夕思朝廷肺枯渴太甚漂
呼兒具紙筆隱几臨軒楹作詩呻吟內

愼字缺筆

飯啼門東

赤霄行 永泰元年

孔雀未知牛有角渴飲寒泉逢觝觸赤霄玄圃須往來翠尾金花不辭辱江中淘河嚇飛鶯銜泥却落羞華屋皇孫猶曾蓮勺困衛一作鮑莊見貶傷其足老翁愼莫怪少年葛亮貴和書有篇丈夫垂名動萬年記憶細故非高賢

海椶行 寶應元年

左綿公館清江濆海椶一株高入雲龍鱗犀甲相錯落蒼稜白皮十抱文自是衆木亂紛紛海椶焉知身

愼字不缺筆

雀銀麒麟頭上何所有翠微（爲作）盍（一作匌）葉垂鬢脣
背後何所見珠壓腰衱穩稱身就中雲幕椒房親賜
名大國虢與秦紫駝之峯（一作珓）出翠釜水精之盤行
素鱗犀筯厭飫久未下鑾刀縷切空（一作坐）紛綸黃門
飛鞚不動塵御廚絡繹（一作絡繹）送八珍簫鼓（一作管）哀吟
感鬼神賓從雜遝實要津後來鞍馬何逡巡當軒（一作
道）下馬入錦茵楊花雪落覆白蘋青鳥飛去銜紅巾
炙手可熱勢（一作世）絶倫（一作正）愼莫近（一作向）前丞相嗔

杜鵑行

古時杜宇稱望帝魂作杜鵑何微細跳枝竄葉樹木